Verbraucherratgeber Lebensmittel

Dr. Inge Hofmann

Verbraucher-ratgeber Lebensmittel

Mit Wegweiser durch den Öko-Dschungel

FALKEN

Im FALKEN Verlag sind weitere Verbraucherratgeber erschienen.
Fragen Sie Ihren Buchhändler!

Sie finden uns im Internet: **www.falken.de**

Der Text dieses Buches entspricht den Regeln der neuen deutschen Rechtschreibung.

Dieses Buch wurde auf chlorfrei gebleichtem und säurefreiem Papier gedruckt.

Seiten 62-67 mit freundlicher Genehmigung des ÖKO-TEST Verlags
aus dem Sonderheft „Ökulinarisch" (1/2001)

ISBN 3 635 60720 7

Umschlaggestaltung: Init GmbH, Bielefeld
Redaktion: dm druckmedien gmbh, München
Koordination: Birgit Schlegel
Herstellung: Ulrich Klein
Satz: dm druckmedien gmbh, München
Druck: Freiburger Graphische Betriebe GmbH, Freiburg

Die Ratschläge in diesem Buch sind von der Autorin und vom Verlag sorgfältig erwogen und geprüft, dennoch kann eine Garantie nicht übernommen werden. Eine Haftung der Autorin bzw. des Verlags und seiner Beauftragten für Personen-, Sach- und Vermögensschäden ist ausgeschlossen.

817 2635 4453 6271

Inhalt

Einleitung

Das Angebot an Lebensmitteln in den Läden und Märkten wird immer größer. Für jeden Geschmack, jeden Geldbeutel und scheinbar auch für jedes Gesundheitsproblem steht eine reichliche Produktauswahl zur Verfügung. Die Vielfalt an heimischen und exotischen Produkten lässt kaum irgendwelche Verbraucherwünsche offen.

Zudem wurden noch nie die Konsumenten so üppig informiert. Kaum ein Produkt ohne Vitamin- oder Kalorientabelle auf der Verpackung, dazu reichlich wissenschaftliche Fakten und Gesundheitstipps. Auch wird regelmäßig kontrolliert und geprüft: Jedes Bundesland hat speziell eingerichtete Untersuchungsämter, die routinemäßig die Nahrungsmittel in den Läden und die Speisen in den Restaurants überprüfen. Das deutsche Lebensmittelrecht schreibt in seinen Ausführungsverordnungen zum Beispiel genau vor, was wie oft untersucht werden soll, welche Höchstmengen für Schwermetalle oder Arzneimittelrückstände gelten und was auf einer Verpackung stehen muss.

Und dennoch – mit großer Regelmäßigkeit versetzen uns Meldungen über Verseuchtes und Gepanschtes in Angst und Schrecken: Antibiotika- und Hormonskandale, der altbekannte Reaktorunfall von Tschernobyl oder der aktuelle BSE-Skandal führten und führen zu großen Verunsicherungen beim Verbraucher. Was kann man überhaupt noch essen? Wie erkenne ich gesunde Lebensmittel? Was ist in den Produkten überhaupt enthalten?

Die Furcht vor den Gefahren auf dem Nahrungsmittelmarkt bestimmt zunehmend, was auf den Teller darf und was nicht. Das Bemühen um gesunde Kost wird immer mehr zum Hindernislauf um Schadstoffe, BSE-Erreger & Co. Dabei ist die Orientierung auf dem Lebensmittelmarkt ohnehin schwierig: Zu verwirrend ist das heutige Nahrungsangebot, zu undurchschaubar ist die Auszeichnung der Lebensmittel; wer weiß schon genau, was er wirklich kauft?

Das vorliegende Buch hilft Ihnen, sich auf dem Lebensmittelmarkt zu orientieren. Sie erfahren, wie Sie die Zutatenlisten auf den Packungen richtig verstehen und wie Sie die für Sie optimalen Produkte beim Einkauf erkennen. Sie erhalten einen Überblick über die Qualitätsmerkmale eines Nahrungsmittels und lernen, welchen Aussagen Sie vertrauen können und welchen nicht.

Mit dem Wissen dieses Buches ausgestattet finden Sie den Weg zu gesunder Ernährung. Eines müssen Sie allerdings selbst einbringen: Disziplin beim Einkaufen. Nehmen Sie sich die Zeit und schauen Sie sich ein Produkt genau an, bevor Sie es kaufen. Der Blick auf die Zutatenliste eines Lebensmittels muss für Sie zur festen Gewohnheit werden. Er ist genau so wichtig wie das Wissen um eine gesunde Ernährung. In der Tat: Gesundheit beginnt beim Einkaufen. Ihre Ernährung kann nur so gesund sein wie die Produkte, die sie in Ihren Einkaufskorb legen. Je bewusster Sie einkaufen, desto weniger werden Sie übrigens zu unüberlegten, die Gesundheit und die Waage belastenden Spontankäufen verleitet. Ein ausgeprägtes Qualitätsbewusstsein ist der beste Schutz vor den Gefahren auf dem Lebensmittelmarkt.

Die Kennzeichnung der Lebensmittel

Wer sich bewusst ernähren möchte, für den ist der Blick auf die Zutatenliste eines Lebensmittels Pflicht. Nur so erfahren Sie, was Sie tatsächlich essen. Fast alles, was beispielsweise in Fertigsuppen, Keksen, Eiscreme oder einer Tiefkühlpizza enthalten ist, steht auf der Packung. Das Gesetz schreibt vor, dass Bestandteile von fertig verpackten Lebensmitteln in der so genannten Zutatenliste aufgeführt werden müssen. Oft ist es aber nicht einfach, die Zutatenliste zu verstehen.

Generell müssen auf einem Lebensmitteletikett folgende Bezeichnungen angegeben sein:

- die Verkehrsbezeichnung, also der Name eines Produkts,
- der Name und Anschrift des Herstellers,
- die Mengenangabe in Gramm, Kilogramm oder (Milli-)Liter,
- das Verzeichnis der Zutaten, also Inhalts- und Zusatzstoffe,
- das Mindesthaltbarkeitsdatum,
- gegebenenfalls der Alkoholgehalt und
- die Mengenkennzeichnung der Zutaten.

Während die meisten Angaben relativ eindeutig verständlich sind, wird es beim Zutatenverzeichnis kompliziert. Die Bestandteile eines Lebensmittels müssen in absteigender Reihenfolge ihres Gewichtsanteils aufgelistet werden. Die Zutat, von der am Meisten enthalten ist, steht am Anfang der Liste, am Ende finden sich die Zutaten mit dem geringsten Anteil. Das gilt auch für die Einzelbestandteile von zusammengesetzten Zutaten (z. B. Fruchtzubereitungen oder Gemüsemischungen) und Zusatzstoffe. Die Zutaten können auch in Form ihres Klassennamens angegeben werden, z. B. Rindfleisch in Rinderbrühe, Fisch in Fischsuppe.

Mehr Durchblick mit QUID

Seit Januar 2001 wurde die europäische QUID-Richtlinie 97/4/EG (Quantitative Ingredient Declaration) in nationales Recht umgesetzt und die Mengenkennzeichnung von Zutaten vorgeschrieben. Diese neue Verordnung sieht vor, dass die Zutaten nicht mehr nur wie bisher in absteigender Reihenfolge ihres Mengenanteils genannt werden. So genannte Wert gebende bzw. Kauf entscheidende Zutaten müssen nun auch mit ihrem genauen Anteil am Gesamtprodukt auf dem Etikett angegeben werden.

Wert gebend und somit kennzeichnungspflichtig ist im Sinne der Verordnung eine Zutat unter folgenden Voraussetzungen:

- wenn eine Zutat oder eine Zutatenklasse in der Verkehrsbezeichnung genannt wird (z. B. Erdbeeren im Erdbeerjogurt, Salami in Pizza Salami, Spinat in Spinatpizza, Schokolade in Schokoladekeksen);
- wenn eine Zutat von Verbraucherseite mit der Verkehrsbezeichnung in Verbindung gebracht wird (z. B. Gulaschsuppe: Fleisch; rote Grütze: Früchte; Zigeunersoße: Paprika);
- wenn eine Zutat auf dem Etikett besonders hervorgehoben wird (z. B. hergestellt mit Butter, verfeinert mit Sahne, Schinken auf Pizza Speziale oder der Hinweis „mit Ananas“ bei Geflügelsalat).

Auch wenn die QUID-Richtlinie viele Ausnahmen zulässt, ist nunmehr ein Vergleich möglich, in welchen Mengen charakteristische Zutaten tatsächlich in einem Produkt enthalten sind. Viel einfacher kann der Verbraucher dann erkennen, wenn durch Aromen und Füllstoffe ein höherer Anteil bestimmter Zutaten vorgetäuscht wird, als tatsächlich im Produkt vorhanden ist. Auch sind so Vergleiche von Produkten verschiedener Hersteller besser möglich, z. B. welches Ketchup mehr Tomatenmark enthält, welche Kekse mehr Schokolade enthalten.

Doch trotz dieser relativ verbraucherfreundlichen Regelung sollten Sie auch in Zukunft genau hingucken. Beispiel Fruchtjogurt: Heißt das Produkt Jogurt mit Früchten, muss der genaue Fruchtanteil deklariert werden. Steht auf dem Etikett Jogurt mit Fruchtzubereitung, genügt die Angabe der Menge der Fruchtzubereitung, die außer Früchten auch noch Zucker, Wasser und einige weitere Zutaten enthält.

Tipp

Vergleichen Sie bei gleichartigen Produkten verschiedener Hersteller nicht nur den Preis, sondern auch die Menge der Zutat, die Sie zum Kauf veranlasst. Nur so können Sie erkennen, ob das Produkt auch sein Geld wert ist.

Ausnahmen von der Deklarationspflicht

Bei den folgenden Lebensmitteln muss überhaupt keine Zutatenliste aufgeführt werden.

Dies sind:

- Lebensmittel, die in der Verkaufsstätte hergestellt und abgepackt werden z. B. belegte Brötchen in der Bäckerei, Feinkostsalate beim Metzger,
- Kakao und Kakaoerzeugnisse (z. B. Schokolade, Pralinen etc.),
- Kaffee und Zichorien-Extrakte (z. B. löslicher Kaffee),
- Zuckerarten und Honig,
- Aromen und Zusatzstoffe,
- Wein und weinhaltige Getränke, also auch Sekt, Likörwein und Branntwein,
- Lebensmittel, die in der Gemeinschaftsverpflegung zur Selbstbedienung oder zu karitativen Zwecken abgegeben werden (z. B. Essen auf Rädern).

Für diese Produkte ist die Kennzeichnung teilweise in eigenen Verordnungen geregelt (z. B. Honigverordnung).

Lücken in der Kennzeichnung

Das Lebensmittel- und Bedarfsgegenständegesetz lässt bestimmte Ausnahmen von der Deklarationspflicht zu. Diese Ausnahmen können für Menschen mit Ernährungsbesonderheiten (Allergiker, Asthmatiker) oder für diejenigen, die bestimmte Zusatzstoffe meiden wollen (z. B. künstliche Farbstoffe oder Geschmacksverstärker), verhängnisvoll werden. Folgende Stoffe werden nicht in der Zutatenliste aufgeführt:

Einzelbestandteile von zusammengesetzten Zutaten (25-Prozent-Klausel)

Derartige Einzelbestandteile werden nur genannt, wenn die zusammengesetzte Zutat zu 25 % und mehr im Endprodukt enthalten ist. Farbstoffe in einer Fruchtzubereitung in einem Jogurt fallen daher gewöhnlich nicht auf, ebenso wenig das Sojaeiweiß in der Salami auf einer Pizza.

Technische Hilfsstoffe

Mehr als 300 Substanzen sind als technische Hilfsstoffe im Gebrauch, wie z. B. Schaumverhüter, Entfärber, Schäl-, Klär-, Antiklump- oder Trennmittel. Die meisten werden am Ende des Herstellungsprozesses ganz oder teilweise entfernt, können aber trotzdem in den fertigen Lebensmitteln noch in winzigen Spuren enthalten sein. Dennoch müssen technische Hilfsstoffe in der Regel nicht deklariert werden, da sie im Endprodukt keine technologische Wirkung mehr haben.

Enzyme

Enzyme sind bis auf wenige Ausnahmen generell nicht deklarationspflichtig, unabhängig davon, zu welchen Zwecken sie eingesetzt wurden. In einigen Fällen, etwa bei Backwaren, in Käse oder Wurst sind die eingesetzten Enzyme bzw. ihre Abbauprodukte noch im fertigen Lebensmittel enthalten – für Allergiker eine echte Gefahr. Auch Enzyme aus dem Genlabor entgehen so einer Kennzeichnung.

Art und Herkunft der Aromen

Es genügt die Angabe „Aroma“. Hinweise, aus welchen Quellen oder Rohstoffen es stammt, sind nicht vorgeschrieben. So gibt es z. B. natürliche Aromastoffe, die aus Früchten, Gemüse, Gewürzen, Kräutern extrahiert werden oder mit Hilfe von Enzymen bzw. Mikroorganismen gewonnen werden. Leider lässt der Gesetzgeber bei der Definition von Natur sehr viel Raum. Ein natürliches Aroma muss nicht unbedingt aus dem namensgebenden Lebensmittel stammen. So muss beispielsweise natürliches Himbeeraroma mindestens zu 90 % aus Himbeeren (z. B. Himbeerdestillat oder Himbeerextrakt) stammen, 10 % dürfen aus anderen, natürlichen Zutaten hergestellt sein, z. B. aus den Blättern des Bukkastrauches. Natürliches Aroma Typ Himbeere stammt aus natürlichen Zutaten (z. B. Aromaextrakte oder natürliche Aromastoffe), jedoch nicht unbedingt aus Himbeeren, sondern z. B. aus Vanilleextrakt. Synthetische Aromastoffe werden den natürlichen Aromastoffen nachgebaut. 18 neu kreierte Aromen, die nicht in der Natur vorkommen, sind in Deutschland zugelassen, z. B. Ethylvanillin. Auf der Verpackung finden Sie meist nur den Begriff „Aroma".

Informationen über Modifikationen an Zutaten und Komponenten

Eine Stärke muss nur dann als „modifiziert" deklariert werden, wenn dieses mit chemischen Verfahren geschehen ist. Bei physikalisch oder enzymatisch modifizierten Stärken reicht die Angaben „Stärke". Eiweiß, Fett oder Kohlenhydrate (Stärke) können heute beliebig verändert (modifiziert) werden, um erwünschte Eigenschaften zu erhalten. Eiweiße, die strukturell so verändert wurden, dass sie als Fette wahrgenommen werden und daher als Fettersatz verwendet werden, erscheinen z. B. als Hühnereiweiß oder Molkeneiweißerzeugnis. Für Allergiker sind daher Begriffe wie Stärke, Quellstärke oder modifizierte Stärke besonders tückisch.

Stärke, ein Kohlenhydrat, kann beispielsweise aus Kartoffeln, Getreide (Roggen, Gerste, Hafer, Weizen, Mais), Reis, Bataten, Manjok oder Hülsenfrüchten gewonnen werden.

Durch diverse chemische Behandlungen lässt sich diesem natürlicherweise klebrigen, quellbaren Produkt praktisch jede gewünschte technologische Eigenschaft geben, so dass sich hinter dem Namen modifizierte Stärke eine Vielzahl von Produkten verbergen können. Stärkeprodukte werden hauptsächlich als Dickungs-, Gelier-, Füll- und Texturmittel in

Puddings, Suppen und Soßenpulvern, Backwaren, Mayonnaisen, Salatsoßen, Jogurt, Cremefüllungen und Konserven verwendet. Tückisch sind auch Begriffe wie Pflanzeneiweiß, pflanzliches Eiweiß und Pflanzeneiweißprodukt. Diese Eiweißprodukte können praktisch aus jeder Pflanze stammen, am häufigsten stammen sie aber aus Hülsenfrüchten und finden sich insbesondere in Wurst- und Fleischimitaten.

TIPP

Wer genaue Angaben über die nicht exakt gekennzeichneten Inhaltsstoffe haben möchte oder muss, dem bleibt nur die Nachfrage beim Hersteller. Viele Firmen haben jedoch bereits Hotlines für Allergiker und geben bereitwillig Auskunft darüber, was in ihren Produkten enthalten ist. Die entsprechenden Telefonnummern finden Sie auf der Verpackung. Scheuen Sie sich nicht, genau nachzufragen! Es geht um Ihre Gesundheit!

Zusatzstoffe – die heimliche Gefahr

Wie bereits geschildert, ist der Blick auf die Zutatenliste eines Lebensmittels genauso wichtig, wie der Blick auf das Preisetikett. Vor allem wenn Sie Wert auf naturbelassene, unverfälschte Lebensmittel legen oder sich bewusst ernähren möchten, sollten Sie zukünftig etwas genauer aufs Etikett sehen. Ihr besonderes Augenmerk muss dabei den Zusatzstoffen gelten. Zusatzstoffe sind Substanzen, die Lebensmitteln bewusst zugesetzt werden, um ihnen eine bestimmte positive Eigenschaft, z. B. Verbesserung von Geschmack, Struktur, Haltbarkeit, Nährwert usw. zu verleihen und die mitgegessen werden können. Zu den Zusatzstoffen gehören beispielsweise Farbstoffe, Konservierungsstoffe, synthetische Süßungsmittel, Aromastoffe, Vitamine etc.

Grundsätzlich dürfen die bei uns zugelassenen Zusatzstoffe nicht gesundheitsschädlich sein, doch kann nicht jedes Risiko ausgeschlossen werden. Insbesondere Kranke und immungeschwächte Menschen werden in den üblichen Bewertungsschemata für Zusatzstoffe nicht berücksichtigt. Für die meisten Zusatzstoffe wird durch Tierversuche die Menge eines

Stoffes in Milligramm pro Kilogramm Körpergewicht ermittelt, die ein Mensch sein Leben lang täglich essen kann (ADI-Wert). Bei Einhaltung des ADI-Wertes darf die Gesundheit nicht geschädigt werden. Dieser Wert bezieht sich lediglich auf einen erwachsenen Menschen, der sich ausgewogen ernährt. Bei Personen mit geringem Körpergewicht, z. B. Kindern oder Unterernährten, kann die Sicherheitsspanne sogar überschritten werden. Auch lassen sich die in Tierversuchen ermittelten Werte nicht ohne weiteres auf den Menschen übertragen. Ferner ist auch über das Zusammenwirken der unterschiedlichen Stoffe und über Wechselwirkungen mit Umweltgiften, Schädlingsbekämpfungsmitteln und Arzneimitteln wenig bekannt. Die Devise für die tägliche Ernährung sollte daher lauten: so wenig Zusatzstoffe wie möglich.

Kennzeichnung von Zusatzstoffen

Zusatzstoffe müssen mit dem Klassennamen sowie der Verkehrsbezeichnung oder der E-Nummer aufgeführt werden. Der Klassenname beschreibt den technologischen Zweck eines Zusatzstoffes, z. B. Farbstoff, Stabilisator, Schmiermittel, Emulgator etc. Bei der Verkehrsbezeichnung handelt es sich um eine allgemeine oder chemische Bezeichnung eines Zusatzstoffes, z. B. Xanthan, Natriumnitrit usw. Bei einigen Zusatzstoffen können Oberbegriffe in der Zutatenliste aufgeführt werden, z. B. Phosphat für Natriumphosphat, modifizierte Stärke für oxidierte Stärke, acetylierte Stärke usw. Die E-Nummern sind Bezeichnungen für Zusatzstoffe, die in allen Ländern der Europäischen Union und teilweise auch weltweit gelten. Bis 1993 durften sämtliche in Deutschland angebotene Lebensmittel nur die in Deutschland erlaubten Zusatzstoffe enthalten. Die Angleichung der Gesetze für den freien Warenverkehr hat dazu geführt, dass es neue Richtlinien für Zusatzstoffe gibt. Die E-Nummer kann alternativ zur Verkehrsbezeichnung verwendet werden. Bei den Verbraucherzentralen erhalten Sie Listen über die Bedeutung der E-Nummern. Sie können auch im Internet unter der Adresse „www.Zusatzstoffe-Online.de“ abgerufen werden.

So vermeiden Sie Zusatzstoffe

Bei dem heutigen Nahrungsangebot ist es kaum möglich, Zusatzstoffen gänzlich aus dem Weg zu gehen. Mit den folgenden Ratschlägen können Sie aber einem Zuviel an Zusatzstoffen in Ihrer Ernährung entgegenwirken:

- Kaufen Sie kritisch ein und studieren Sie immer die Zutatenliste auf einem Produkt, insbesondere wenn Sie ein Lebensmittel zum ersten Mal kaufen. Überprüfen Sie auch bei bewährten Lebensmitteln immer wieder die Angaben auf der Verpackung, denn Rezepturen können sich ändern.
- Lassen Sie Produkte mit stark verarbeiteten Rohstoffen im Regal stehen und greifen Sie zu den natürlicheren Alternativen, z. B. Naturjogurt ohne Bindemittel und Konservierungsstoffe, Fruchtsaft statt Limonade mit künstlichen Farb- und Aromastoffen.
- Verwenden Sie möglichst keine vorgefertigten Industrieprodukte und Fertiggerichte. Diese sind in der Regel mit Zusatzstoffen überfrachtet.
- Essen Sie möglichst nur ungefärbte Lebensmittel oder solche, die natürliche Farbstoffe, z. B. Fruchtmark oder Rote Beete-Pulver, enthalten. Da 80 % der eingesetzten Farbstoffe (darunter zahlreiche gesundheitlich bedenkliche Substanzen) in Süßwaren, Süßspeisen und süßen Getränken zu finden sind, sollten solche Produkte aus der Ernährung gänzlich gestrichen werden.
- Vorsicht ist auch bei Produkten geboten, die unter werbewirksamen Bezeichnungen verkauft werden, wie z. B. Sportlerbrot, Powerdrink oder Fitnessbrot. Solche Produkte sind meist aus einer unüberschaubaren Vielzahl von Zutaten hergestellt, die oft in so geringen Mengen vorliegen, dass sie nicht auf der Deklaration erscheinen müssen.
- Nutzen Sie konkrete Informationsquellen. Dazu gehören Angaben wie z. B. „ohne Konservierungsstoffe“, „ohne Bindemittel“, „ohne Farbstoffe“ auf den Lebensmittelverpackungen. Fehlt ein derartiger Hinweis, könnte z. B. in einem Fruchtjogurt der konservierte Fruchtanteil ohne entsprechende Kennzeichnung verwendet werden.

- Fragen Sie auch bei unverpackten Lebensmitteln wie Brot, Käse und Wurst nach den Inhaltsstoffen. Bäcker verwenden häufig Fertigmischungen mit Zusatzstoffen zum Brotbacken. Wenden Sie sich in Zweifelsfällen an die Verbraucherzentrale in Ihrer Nähe.
- Je länger die Zusatzstoffliste ist, desto weiter ist das Produkt vom Naturzustand entfernt. Das Lebensmittel ist zwar hygienisch in Ordnung, aber stark bearbeitet.

Die Kennzeichnung von Ökoprodukten

Alle Ökoprodukte, die auf dem europäischen Markt angeboten werden, müssen seit 1993 die Anforderungen der EU-Bioverordnung erfüllen. Diese Verordnung enthält Mindestangaben für Anbau und Verarbeitung. Sie regelt die Kontrolle der Betriebe und die Kennzeichnung der Produkte. Sie schützt außerdem die Begriffe „Öko" und „Bio" bzw. „aus ökologischem/biologischem Anbau". Bisher galt die Ökoverordnung nur für den pflanzlichen Bereich.

Für tierische Produkte ist eine Ergänzungsverordnung seit August 2000 in Kraft. Wer seine Erzeugnisse mit den Begriffen „ökologisch" oder „biologisch" auszeichnen will, muss sich jährlich mindestens einmal von einer staatlich zugelassenen Öko-Kontrollstelle überprüfen lassen. Wer die Kontrolle erfolgreich besteht, kann seine Produkte mit dem Vermerk „EWG-Kontrollsystem-ökologische Agrarwirtschaft" versehen. Diese Angabe ist jedoch freiwillig.

Verpflichtend ist dagegen der Abdruck der EU-Kontrollnummer. Diese wird von der Öko-Kontrollstelle vergeben, muss auf dem Etikett angegeben werden und bei unverpackter Ware, beispielsweise auf Wochenmärkten, vom Verkäufer genannt werden können. In der Regel tragen Ökoprodukte außerdem das Markenzeichen eines ökologischen Anbauverbandes (z. B. „Bioland", „Demeter", „Naturland" etc.) oder werden unter einer Öko-Eigenmarke des Lebensmitteleinzelhandels (z. B. „Füllhorn", „Naturkind") verkauft.

Grundsätze der ökologischen Landwirtschaft

- Die Tiere werden artgerecht gehalten; d. h. jedes Tier sollte ausreichend Auslauf im Freien haben, im Stall muss Tageslicht herrschen und auf ein gesundes Stallklima geachtet werden.
- Die Verabreichung von wachstumsfördernden Futterzusätzen wie Antibiotika und Hormone ist streng verboten.
- Der Bauer sollte ausschließlich Futter aus eigener Herstellung verfüttern. In Ausnahmefällen kann Futter aus ökologischer Erzeugung auch dazu gekauft werden.
- Der Einsatz von chemisch/synthetischen Düngern, Pflanzenschutzmitteln, Lagerschutz- und Reifemitteln ist verboten.
- Auf den Äckern wachsen statt hochgezüchteter Turbopflanzen standortgerechte und widerstandsfähige Sorten.
- Die Erhaltung und Förderung einer nachhaltigen Bodenfruchtbarkeit wird beachtet. Sie wird vor allem durch eine ausgewogene Fruchtfolge und die Verwendung von organischem, in eigenem Betrieb erzeugtem Dünger erzielt.
- Öko-Landwirte bemühen sich um einen energiesparenden Einsatz von Rohstoffen und Betriebsmitteln.
- Die Anwendung gentechnologischer Verfahren ist verboten.

Die ökologische Landwirtschaft bemüht sich um ein hohes Maß an Transparenz, regionalen Bezug und eine ausgeprägte Qualitätssicherung. Dennoch kann keine Garantie für absolut rückstandsfreie Ware gegeben werden. Außerhalb des Einflussbereichs von Ökobetrieben liegen die inzwischen überall vorkommenden Umweltschadstoffe wie z. B. Schwermetalle in Luft und Wasser. Diese Schadstoffe finden sich natürlich auch in ökologisch produzierten Lebensmitteln. Dennoch sind ökologisch erzeugte Lebensmittel meist nicht nur gesünder, oft schmecken sie auch besser als die konventionelle Massenware. Spätestens seit der BSE-Krise ist ökologisches Wirtschaften eine Investition in die Zukunft. Unterstützen auch Sie den Ökomarkt mit Ihrem Einkaufsverhalten!

So erkennen Sie echte Bio- oder Ökoprodukte

Echte Bioprodukte fallen zunächst durch ihren Preis auf: Sie sind ca. 40 bis 140 Prozent teurer als ein herkömmliches Produkt. Daneben sind sie auch an speziellen Zeichen und Bezeichnungen erkennbar.

Schon bevor es die EU-Ökoverordnung gab, haben sich in Deutschland 9 Verbände, die den ökologischen Landbau fördern wollten, zu der „Arbeitsgemeinschaft Ökologischer Landbau“ (AGÖL) zusammengeschlossen. Die Richtlinien der AGÖL sind in vielen Punkten deutlich strenger als die Vorschriften der EU-Ökoverordnung.

Bei den folgenden Zeichen können Sie sicher sein, Produkte aus ökologischem Landbau zu kaufen:

- Ökologisches Agrarwirtschaft – EWG-Kontrollsystem; Name oder Codenummer der Kontrollstelle, z. B. DE-099-Ökokontrollstelle,
- Zeichen der AGÖL: Demeter, Bioland, Biokreis e.V., Naturland, ANOG, ECO VIN, Gäa, Ökosiegel, Biopark,
- Regionale Gütezeichen, z. B. Ökopunkt Sachsen, Thüringer Ökoherz, Öko-Qualität – garantiert aus Bayern,
- seit 1999 gibt es ein bundeseinheitliches Prüfzeichen für ökologische Produkte, das Öko-Prüfzeichen, das sich aber noch nicht sehr durchgesetzt hat.

Produkte aus ökologischem Landbau werden meist in speziellen Läden (z. B. Reformhaus, Naturkostladen, Bio-Supermarkt) oder an speziellen Ständen auf Wochenmärkten verkauft. Immer mehr konventionelle Supermärkte bieten eine Öko-Ecke in ihrem Sortiment an.

Tipp

- **Vergewissern Sie sich bei Biobauern und an Bioständen auf Märkten, ob der Verkäufer mit einem der anerkannten Verbände vertraglich verbunden ist, oder ob er auch noch herkömmliche Produkte verkauft.**
- **Schauen Sie auch in Reformhäusern und Naturkostläden die Produkte genau an; nicht alles, was dort verkauft wird, muss aus ökologischem Landbau stammen.**

Integrierter Landbau

Einen Mittelweg zwischen dem konventionellen Landbau und dem kontrolliert ökologischen Landbau ist der integrierte Landbau. Hierbei wird der Einsatz an chemischen/synthetischen Dünge-, Herbizid- und Pflanzenschutzmitteln eingeschränkt. Die verwendeten Verfahren werden unter ökonomischen und ökologischen Anforderungen ausgewählt. Nach individuellem Ermessen kann daher bei Bedarf auf Mineraldünger und den Einsatz von Pestiziden zurückgegriffen werden. Dieser Bedarf leitet sich ab von den während des Wachstums sich abzeichnenden möglichen Ertragsminderungen, die durch alljährlich wechselnde Einflüsse von Klima, Schädlingen, Bodenerosion usw. verursacht werden können. Zwar besteht die Absicht, den Einsatz chemischer Stoffe weit gehend durch biologische, pflanzenzüchterische, anbau- und kulturtechnische Verfahren zu ersetzen, doch Erfahrungen bisheriger Obst-, Gemüse- oder Getreideproduktionen zeigen, dass ein völliger Verzicht auf chemische Hilfsmittel bei den gegenwärtig zugelassenen Hochzuchtsorten zu Ertrags- und Qualtitätseinbußen führt.

TIPP

Der integrierte Landbau kennzeichnet seine Produkte oft als „aus kontrolliertem Anbau“. Dies darf nicht mit Lebensmitteln „aus kontrolliert ökologischem Anbau“ verwechselt werden.

Lebensmittel aus dem Genlabor

Mit immer raffinierteren Methoden versuchen Food-Designer unseren Lebensmitteln immer exklusivere und oft scheinbar positivere Eigenschaften zu verleihen. Bisher wurden Tiere, Bakterien und Pflanzen, die als Nahrungsmittel genutzt werden, durch konventionelle Züchtung wunschgemäß verändert. So wurden Tiere mit fettarmen Muskelfleisch oder Tomaten mit einer länglichen Form aufgezogen. Die genetische Information wurde dabei ausgewählt, gekreuzt und gezielt vermehrt, um

Produkte zu erhalten, die den modernen Ansprüchen genügen. Die Gentechnik, die gezielte Manipulation am Erbgut, führte hier eine neue Dimension ein. Es ist nun möglich, die Erbinformation sehr viel schneller – quasi im Zeitraffer – in die gewünschte Richtung zu lenken und auch über Artgrenzen hinweg zu vermischen, was auf natürlichem Weg nicht möglich wäre. So lassen sich im Genlabor beispielsweise Schweinegene in Forellen oder Resistenzgene aus Bakterien in Mais einbauen.

Weit fortgeschritten ist der kommerzielle Einsatz von genetisch veränderten Nutzpflanzen (grüne Gentechnik) vor allem in den USA, Kanada und Argentinien. Obwohl in Europa einige gentechnisch veränderte Pflanzen zugelassen sind, wird nur in Spanien seit 1998 auf einer Fläche von 25.000 Hektar gentechnisch veränderter Mais kommerziell angebaut. Die EU-Umweltminister haben die Zulassung weiterer Genpflanzen von strengen Sicherheitsanforderungen abhängig gemacht. Die überwiegende Mehrzahl der weltweit zugelassenen, genetisch veränderten Pflanzen besitzen neue Merkmale, die ausschließlich für die Landwirtschaft von Interesse sind. Die eingeschleusten Gene vermitteln z. B. Resistenz gegen chemische Unkrautbekämpfungsmittel, gegen Fraßinsekte und gegen Pflanzenerkrankungen.

Die Industrie beabsichtigt jedoch in den nächsten Jahren, Pflanzen mit veränderten Produkteigenschaften auf den Markt zu bringen, wie beispielsweise eine Anti-Matsch-Tomate, die länger haltbar ist, Kartoffeln oder Weizen mit veränderter Stärkezusammensetzung oder Raps, Soja und Mais mit einem veränderten Fettsäurespektrum. Auch die kommerzielle Nutzung gentechnisch veränderter Mikroorganismen nimmt rasch zu. Sie ermöglichen neue, oft deutlich kostengünstigere Produktionsvarianten für Lebensmittelzusatzstoffe wie beispielsweise Vitamine, Enzyme oder verschiedene Aminosäuren. Gearbeitet wird vor allem an der gentechnischen Verbesserung von Back- und Bierhefe sowie von Milchsäurebakterien, die bei vielen traditionellen biotechnologisch hergestellten Lebensmitteln wie etwa Bier, Brot, Wein, Käse oder Wurst eine Rolle spielen. Lebensmittel aus gentechnisch veränderten Nutztieren sind vorerst nicht zu erwarten. Ausnahme Fische: Lachs und Forellen, die infolge gentechnischer Eingriffe schneller und größer wachsen, befinden sich in USA und Kanada vor der Markteinführung.

Lebensmittel, die aus gentechnisch veränderten Organismen (GVO) bestehen, diese enthalten oder daraus hergestellt wurden, fallen unter die seit Mai 1997 gültige Novel Food-Verordnung, die in allen Ländern der EU rechtsgültig ist. Wichtigster Grundsatz: Eine Kennzeichnung ist immer dann erforderlich, wenn eine gentechnische Veränderung im Produkt nachgewiesen werden kann.

Gentechnisch veränderte Pflanzen, die unmittelbar als Nahrungsmittel dienen, sowie daraus hergestellte Produkte, die gegenüber herkömmlich hergestellten Vergleichsprodukten nicht gleichwertig sind, müssen ein mehrstufiges Zulassungsverfahren durchlaufen, das unter anderem eine Überprüfung der gesundheitlichen Sicherheit einschließt. Produkte, die gegenüber herkömmlichen Vergleichsprodukten als im Wesentlichen gleichwertig eingestuft werden, brauchen bei der EU-Kommission nur angemeldet zu werden. Eine Reihe von Produkten aus importierten, gentechnisch veränderten Mais-, Raps- oder Sojasorten ist bereits angemeldet worden, z. B. der Insektizid-resistente Mais von Novartis und das Herbizid-resistente Soja von Monsanto. Diese Produkte dürfen in allen EU-Ländern ohne Einschränkung vermarktet werden. Am 1. September 1998 trat die Mais/Soja-Verordnung (EG Nr. 1139/98) des Rates in Kraft. Sie unterwirft Zutaten aus diesen gentechnisch veränderten Pflanzen den gleichen Kennzeichnungsvorschriften wie die Novel-Food-Verordnung.

Die Novel-Food-Verordnung

Nach der Novel-Food-Verordnung sind folgende Lebensmittel im Hinblick auf den Einsatz gentechnischer Methoden kennzeichnungspflichtig:

- Das Produkt ist ein gentechnisch veränderter Organismus (z. B. Tomate mit verlängerter Haltbarkeit, Rohkostsalat aus gentechnisch veränderten Anteilen, Gemüsemais aus gentechnisch verändertem Mais, gentechnisch veränderte Kartoffel);
- das Produkt enthält gentechnisch veränderte Organismen, die mit wissenschaftlich anerkannten Verfahren nachgewiesen werden können (z. B. Jogurt mit gentechnisch veränderten Milchsäurebakterien, Käse mit gentechnisch veränderten Schimmelpilzen, Weizenbier mit gentech-

nisch veränderter Hefe, Salami mit gentechnisch veränderten Milchsäurebakterien);

- das Produkt ist aus gentechnisch veränderten Organismen gewonnen, enthält diese aber nicht mehr, sondern nur noch das Endprodukt (z. B. Cornflakes aus gentechnisch verändertem Mais, Tortilla-Chips aus gentechnisch verändertem Maismehl, Fertiggerichte mit der Zutat genetisch verändertes Sojaeiweiß, Räucherlachs aus gentechnisch verändertem Lachs, Ketchup aus gentechnisch veränderten Tomaten, Pudding mit Stärke aus gentechnisch verändertem Mais);
- das Produkt bzw. die Zutat stammt aus einem gentechnisch veränderten Organismus, wodurch eine veränderte Nährstoffzusammensetzung oder veränderte Eigenschaften für das Endprodukt entstehen (z. B. Sojaöl mit veränderten Fettsäuremuster, Öl aus gentechnisch verändertem Raps bei dem Betakarotin angereichert ist, Pürree aus Kartoffeln mit veränderter Stärkezusammensetzung);
- Zusatzstoffe und Aromen stammen aus einem gentechnisch veränderten Organismus, sofern dieser Organismus im jeweiligen Zusatzstoff oder Aromapräparat nachweisbar ist. Seit dem 10. April 2000 ist die Verordnung (EG Nr. 50/2000) über die Kennzeichnung von Zusatzstoffen und Aromen rechtskräftig. Danach muss gekennzeichnet werden, wenn ein Zusatz- oder Aromastoff mit Hilfe eines gentechnisch veränderten Organismus produziert wurde, der im Endprodukt noch nachweisbar ist.

Tipp

Greifen Sie zu Produkten aus ökologischem Anbau, ernähren Sie sich möglichst aus unbearbeiteten Grundnahrungsmitteln; Geschmack braucht keine Gentechnik.

Was ist Novel-Food?

Der Begriff neuartig (englisch: novel) bezieht sich auf alle Produkte, die in Europa bisher nicht oder nur selten verzehrt werden. Damit gilt die Verordnung über neuartige Lebensmittel und Lebensmittelzutaten (kurz und englisch: Novel-Food-Verordnung) nicht nur für gentechnisch veränderte Organismen, sondern für eine ganze Palette unterschiedlicher Produkte, z. B. geröstete Heuschrecken, synthetische Fettersatzstoffe, hochdrucksterilisierte Marmelade oder Algenprodukte. Exotische Waren wie z. B. Obst, Gemüse, Meeresfrüchte gehören ebenfalls dazu. Würde die Kiwi beispielsweise erst jetzt importiert, wäre auch sie ein Novel-Food. Anders als gewöhnliche Lebensmittel ist ein Novel-Food-Produkt nicht ohne weiteres verkehrsfähig. Unterscheidet sich das neuartige Produkt wesentlich von hierzulande vertrauten Nahrungsmitteln, ist eine europaweite Zulassung vorgeschrieben, bei der auch die Sicherheit überprüft werden muss. In den übrigen Fällen genügt eine Anmeldung. Voraussetzung für das Inverkehrbringen eines neuartigen Lebensmittels ist, dass es

- keine Gefahr für Verbraucher darstellt,
- sie nicht irreführt und
- sich von Lebensmitteln oder Lebensmittelzutaten die es ersetzen soll, nicht so unterscheidet, dass ein normaler Verzehr Ernährungsmängel mit sich bringt.

Neben den allgemeinen Vorschriften zur Kenntlichmachung von Lebensmitteln müssen Novel-Food-Produkte besonders gekennzeichnet sein. Durch geeignete Hinweise auf dem Etikett muss deutlich werden, wenn das neuartige Lebensmittel in seiner Zusammensetzung oder seinem Nährwert von einem vergleichbaren konventionellen Produkt abweicht. Die Novel-Food-Verordnung ist für alle EU-Mitgliedstaaten verbindliches Gesetz. Sie muss nicht in nationales Recht umgesetzt werden. Eine Zulassung eines neuartigen Lebensmittels gilt für den gesamten europäischen Binnenmarkt.

Schlupfloch: Die Schwellenwertverordnung

Die seit dem 10. April 2000 gültige Schwellenwertverordnung bringt hier jedoch eine Einschränkung. Keine Kennzeichnung ist erforderlich, wenn

- bezogen auf die jeweilige Zutat der gentechnisch veränderte Organismus nicht mehr als 1 % ausmacht,

- der Hersteller oder Importeur belegen kann, dass er sich nachweislich um Gentechnik-freie Rohstoffe bemüht hat oder
- die vorhandenen gentechnisch veränderten Anteile zufällig und unbeabsichtigt in das Produkt gelangt sind.

Die Schwellenwertverordnung ist quasi ein Freibrief, sich an einer Deklarationspflicht vorbeizumogeln.

Produkte, die unter Einsatz von Enzymen hergestellt wurden, welche mit gentechnisch veränderten Organismen gewonnen wurden, sind nicht kennzeichnungspflichtig, da die meisten Enzyme als technische Hilfsstoffe gelten und somit in der Zutatenliste nicht aufgeführt werden. So müssen beispielsweise Brötchen, die unter Verwendung gentechnisch gewonnener Backzusätze (z. B. Enzyme, Hefe) hergestellt wurden oder ein Fruchtsaft, bei dessen Pressung ein gentechnisch gewonnenes Enzym eingesetzt wurde, nicht als solche gekennzeichnet werden. Auch Produkte wie Fleisch, Milch oder Eier von Tieren, die Futtermittel mit Bestandteilen aus gentechnisch veränderten Pflanzen oder mit gentechnisch gewonnenen Enzymen erhalten haben, brauchen nicht gekennzeichnet zu werden.

Nach heutigem Erkenntnisstand ist es unmöglich, in tierischen Lebensmitteln nachzuweisen, ob die Tiere Futter aus dem Genlabor erhalten haben oder nicht.

Bei Kennzeichnungspflicht wird der jeweilige Inhalts- oder Zusatzstoff mit dem Hinweis „genetisch modifiziert“ oder „aus genetisch modifizierten ...“ gekennzeichnet.

Da diese Verordnung erst am 10. April 2000 in Kraft getreten ist, dürfen kennzeichnungspflichtige Produkte, die vor diesem Datum auf den Markt gekommen sind, weiter ohne Kennzeichnung verkauft werden.

Kennzeichnung „ohne Gentechnik“

Seit Oktober 1998 ist in Deutschland gesetzlich geregelt, unter welchen Voraussetzungen ein Lebensmittel mit dem Hinweis „ohne Gentechnik“ oder „Gentechnik-frei“ gekennzeichnet werden darf. Diese Kennzeichnung ist freiwillig. Ein Hersteller oder Importeur kann seine Produkte damit auszeichnen, ist aber nicht dazu verpflichtet.

Eine Kennzeichnung „ohne Gentechnik“ setzt voraus, dass eine Anwendung der Gentechnik auf allen Verarbeitungsstufen ausgeschlossen ist. Das bedeutet etwa, dass keine Zutaten aus gentechnisch veränderten Pflanzen oder Zusatzstoffe aus gentechnisch veränderten Mikroorganismen gewonnen werden dürfen, unabhängig davon, ob die genetisch veränderte Pflanze oder der genetisch veränderte Mikroorganismus im Endprodukt noch nachweisbar ist oder nicht. Auch dürfen keine Stoffe eingesetzt werden, die aus gentechnisch veränderten Organismen gewonnen wurden. Beispielsweise ist der Einsatz gentechnisch produzierter Enzyme über den gesamten Herstellungsprozess ausgeschlossen.

Bei tierischen Produkten dürfen die Tiere weder Futtermittel noch Zusatzstoffe oder Arzneimittel erhalten haben, die mit Hilfe gentechnischer Verfahren hergestellt wurden. Unvereinbar mit einer Kennzeichnung „Ohne Gentechnik“ sind somit beispielsweise Futtermittel aus gentechnisch verändertem Soja oder gentechnisch verändertem Mais, aber auch gentechnisch gewonnene Zusätze, wie bestimmte Enzyme. Aber: Eine Kennzeichnung „ohne Gentechnik“ heißt jedoch nicht frei von jeglichen Spuren gentechnischer Anwendung. Produkte können auch dann als Gentechnik-frei deklariert werden, wenn Bestandteile aus gentechnischen Veränderungen unbeabsichtigt und in unvermeidbaren Stufen im Laufe der Herstellung, des Inverkehrbringens oder des Behandelns in ein Lebensmittel gelangt sind. Es wird also toleriert, wenn z. B. vereinzelte Gene aus transgenem Mais in konventionellen Maisprodukten nachgewiesen werden. Ein solcher Eintrag kann beispielsweise über Pollenflug oder Wind erfolgt sein.

Bei tierischen Produkten dürfen Nutztiere mit gentechnisch hergestellten Arzneimitteln behandelt werden, allerdings nur dann, wenn kein gleichwertiges konventionelles Präparat zur Verfügung steht. Was im Einzelnen unter unvermeidbaren oder unbeabsichtigten Spuren zu verstehen ist, ist jedoch rechtlich noch nicht präzise definiert.

Wer seine Produkte als Gentechnik-frei deklarieren will, muss den Nachweis führen, dass die dazu erforderlichen Bedingungen erfüllt sind. Der Aufwand hierfür ist hoch, da der gesamte oft mehrstufige Herstellungsprozess aller Zutaten und Zusatzstoffe einschließlich ihrer Vor- und Zwischenprodukte erfasst werden muss. Es sind daher kaum Produkte zu kaufen, die den Hinweis „ohne Gentechnik" auf ihrem Etikett tragen. Zumeist handelt es sich dabei um unverarbeitete Obst- und Gemüseprodukte aus ökologischem Anbau. Je mehr Verarbeitungsstufen ein Produkt durchlaufen hat, um so schwieriger ist der Nachweis, dass die Voraussetzungen für eine Kennzeichnung „ohne Gentechnik" zutreffen.

Tipp

In vielen Fällen ist auch der Hinweis auf ein Gentechnik-freies Lebensmittel wenig aussagefähig. Karotten, die beispielsweise ohne Gentechnik ausgelobt sind, täuschen dem Verbraucher vor, dass auf etwas verzichtet wurde, was es noch gar nicht gibt. In keinem Land der Welt sind bisher gentechnisch veränderte Karotten zugelassen. Bei Produkten des ökologischen Landbaus ist der Einsatz der Gentechnik ausgeschlossen. Weder die Richtlinien der Ökoverbände noch die Ökolandbau-Verordnung der EU lassen gentechnische Anwendungen zu.

So vermeiden Sie Gen-Lebensmittel

Gentechnisch manipulierte Lebensmittel sind für den Fachmann schwierig, für den Laien praktisch nicht zu identifizieren. Besondere Vorsicht ist immer geboten, wenn sich ein Nahrungsmittel anders als gewohnt verhält, also nicht mehr weich wird, nicht mehr fault, sich nicht mehr verfärbt etc.

Die größte Sicherheit besteht bei Lebensmitteln aus anerkannt ökologischem Landbau. Erzeuger von Ökolebensmitteln achten bewusst auf eine möglichst natürliche, schonende Herstellung sowie die Verarbeitung ohne Gentechnik. Meiden Sie den häufigen Konsum von Lebensmitteln auf Soja- und Maisbasis, hierbei ist die Gefahr ein gentechnisch verändertes Produkt zu konsumieren am größten.

Informieren Sie sich bei den Verbraucherzentralen oder auch im Internet („www.Transgen.de") über gentechnikfreie Nahrungsmittel und halten Sie nach dem Etikett „ohne Gentechnik" oder „Gentechnik-frei" Ausschau.

Bestrahlung von Lebensmitteln

Gemäß EU-Recht ist die Bestrahlung von Lebensmitteln seit September 2000 in allen EU-Staaten zulässig, zunächst nur für Kräuter und Gewürze. Die Behandlung mit ionisierenden Strahlen („Bestrahlung") ist ein in vielen Ländern gängiges Verfahren, um bestimmte Lebensmittel zu konservieren. Dabei werden äußerst energiereiche Strahlen eingesetzt. Vorschriftsmäßig bestrahlte Produkte strahlen nicht und werden auch nicht radioaktiv.

Durch die Bestrahlung werden krankheitserregende Bakterien, Pilze oder Insekte bekämpft. Bestrahlt werden auch Zwiebeln, Kartoffeln oder andere Gemüsearten, bei denen das Austreiben von Keimen verhindert werden soll, ebenso Geflügel, Eiprodukte oder Garnelen sowie auch getrocknetes Obst und Gemüse.

Vor allem in unseren Nachbarländern Frankreich, Belgien und den Niederlanden ist die Bestrahlung von Lebensmitteln ein gängiges Verfahren. Für die Bestrahlung von Lebensmitteln muss eine Erlaubnis erteilt werden, die derzeit nur für getrocknete, aromatische Kräuter und Gewürze vorliegt. Diese Erlaubnis soll stufenweise erweitert werden. Generell dürfte aber eine Bestrahlung nicht zu einem universellen Konservierungsverfahren werden, da eine Bestrahlung teuer und längst nicht bei jedem Produkt wirksam ist. Nur ein Bruchteil der Lebensmittel kommt daher überhaupt für eine Bestrahlung infrage.

Bestrahlte Produkte müssen mit der Aufschrift „bestrahlt" oder „mit ionisierenden Strahlen behandelt" versehen werden. Ein bestimmtes Symbol ist nicht vorgeschrieben. Diese Kennzeichnung gilt auch für verarbeitete Lebensmittel (z. B. Kräuterquark) und für zusammengesetzte Zutaten, z. B. Gewürze in der Salami auf der Tiefkühlpizza und für unverpackte Waren wie z. B. Zwiebeln.

Zahlreiche Ernährungswissenschaftler lehnen die Bestrahlung von Lebensmitteln ab. Zum einen kann es zu Nährstoffverlusten kommen (empfindliche Vitamine A, B1, E und C, Abbau ungesättigter Fettsäuren), zum anderen können durch die Einwirkung der ionisierenden Strahlung in den Lebensmitteln auch freie Radikale, recht aggressive Teilchen, gebildet werden, die Körperzellen schädigen können. Das natürliche Keimspektrum der Lebensmittel wird durch eine Bestrahlung zugunsten der strahlenunempfindlicheren Arten verschoben. Überlebende gefährliche Bakterien, z. B. Botulinussporen, können sich auch noch nach der Bestrahlung vermehren. Ferner kann die Bestrahlung eine Frische, insbesondere bei Obst und Gemüse vortäuschen, die dem tatsächlichen Zustand der Lebensmittel nicht entspricht.

Tipp

Bevorzugen Sie frische Produkte aus regionalem Anbau. Hier ist keine Bestrahlung notwendig.

Marken, Siegel und Ökozeichen

Wenn Sie sich die Verpackung der Lebensmittel genauer anschauen, so werden Sie entdecken, dass auf den meisten Produkten allerlei Zeichen, Plaketten und Symbole prangen. Viele dieser bunten Wort- und Bildzeichen sind mit Qualitätsversprechen verbunden und rufen beim Verbraucher gewisse Erwartungen hervor. Doch nicht jedes Zeichen steht für Qualität. Manche Symbole berücksichtigen einfach nur die technische Qualität oder den Genusswert.

Es ist nicht einfach, bei der heutigen Zeichenfülle den Überblick zu behalten. Das folgende Kapitel soll hier Klarheit schaffen.

Marken

Bei vielen Bezeichnungen handelt es sich um Marken, mit denen der Hersteller sein Produkt aus der Menge der zahlreichen Konkurrenzprodukte herausheben möchte. Man unterscheidet Herstellermarken (z. B. Bahlsen, Haribo etc.) und Handelsmarken, die in speziellen Filialen verkauft werden (z. B. No Name; A&P, etc.). Welche Qualität ein Markenartikel besitzt, ist an seiner Bezeichung nicht zu erkennen, da die Qualitätskriterien ausschließlich vom Hersteller oder Handel festgelegt werden. Ein Markenartikel kann ein gleiches oder höheres Qualitätsniveau ausweisen als ein anderes Produkt ohne Markenzeichen, muss aber nicht. Wer sich genauer interessiert, kann beim Hersteller nachfragen. Marken haben daher überwiegend verkaufsfördernde Wirkung.

Gütezeichen

Gütezeichen sind Bezeichnungen, die von speziellen Gütegemeinschaften verliehen werden und für objektiv nachprüfbare Qualitätskriterien stehen. Die Qualitätskriterien werden von Verbänden der Industrie, des Handels, der Landwirt- und Verbraucherschaft festgelegt und können dort erfragt werden. Ihre Einhaltung wird laufend überwacht. Zu den Gütezeichen gehören die diversen CMA-Gütezeichen (z. B. „Markenqualität aus deutschen Landen", „Deutsches Qualitätsfleisch aus kontrollierter Aufzucht" etc.) oder die Deutschen Weinsiegel (DLG). Meist beziehen sich derartige Gütesiegel auf den Genusswert der Lebensmittel. Über den Gesundheitswert oder den ökologischen Wert sagen sie selten etwas aus.

Herkunftsbezeichnungen

Herkunftszeichen weisen auf den nationalen, regionalen oder lokalen Ursprung eines Produktes hin. Dadurch soll die besondere Entwicklung einzelner ländlicher Regionen gefördert werden. Allen Lebensmitteln mit Herkunftszeichen ist gemeinsam, dass ein großer bis überwiegender Teil der eingesetzten Rohstoffe aus dem bezeichneten Gebiet stammt und der Erzeugerbetrieb in der Region angesiedelt ist. Oft sind auch mit der Herkunftsbezeichnung bestimmte Qualitätskriterien verbunden, die jedoch aus der Bezeichnung nicht hervorgehen und beim Hersteller erfragt werden müssen. Wer Lebensmittel aus der Region kauft, trägt aktiv zum Umwelt- und Klimaschutz bei, da der Aufwand für weite Nahrungsmitteltransporte und für die Haltbarmachung kleiner ist.

Qualitätssiegel der deutschen Landwirtschaftsgesellschaft (DLG)

Die DLG ist eine private Vereinigung mit dem Ziel, Qualität und Absatz der Produkte der Land- und Ernährungswirtschaft zu fördern. Sie führt regelmäßig Qualitätsprüfungen von Lebensmitteln verschiedenster Gruppen durch. Dabei werden neben stichprobenartigen mikrobiellen und physikalischen Laboruntersuchungen vor allem Geschmack, Geruch und Aussehen der Lebensmittel getestet. Prämierte Produkte erhalten eine Ehrenurkunde, gestaffelt nach Gold, Silber und Bronze. Die entsprechenden Zeichen werden dann auf den Produkten angebracht. Die Zeichen dienen somit vorwiegend der Absatzförderung, der Genusswert steht eindeutig im Vordergrund.

Zeichen für fairen Handel bei Produkten aus Ländern der Dritten Welt

Um den fairen Handel mit Ländern der Dritten Welt zu fördern, versehen immer mehr Händler und Importorganisationen ihre Produkte mit eigenen Zeichen. Das Ziel sind gerechte Handelsbedingungen, die Entwicklungsprozesse in diesen Ländern fördern sollen. Die Produkte werden ohne Zwischenhändler direkt von den Kleinbauerngenossenschaften gekauft, es werden kostendeckende Preise ausgehandelt und der ökologische Landbau wird gefördert. Häufig anzutreffende Zeichen sind „TransFair", „Banafair e.V." und „Gepa Fair Handelshaus". Produkte aus fairem Handel tragen dazu bei, die Lebensbedingungen in der Dritten Welt zu verbessern. Dies sollte unterstützt werden, auch wenn die Lebensmittel etwas teurer sind.

Ökozeichen

Die Kennzeichnung von Lebensmitteln aus ökologischem Anbau wurde bereits auf Seite 10 erklärt. Im Folgenden finden Sie eine Übersicht über Bio-Gütesiegel, die echte Bio-Produkte garantieren (bitte beachten Sie auch den Anhang ab Seite 89):

Name	Produkte
ANOG	Obst, Gemüse und Feldfrüchte von ANOG-Mitgliedsbetrieben
Bio im Reformhaus	Reformhausprodukte aus kontrolliert biologischem Anbau
Biokreis Ostbayern	Produkte der Mitgliedsbetriebe des Biokreis Ostbayern
Bioland	Produkte von Bioland-Mitgliedsbetrieben
Biopark	Produkte von Mitgliedsbetrieben des Biopark e.V.
Bio-Wertkost	Eigenmarke von Edeka für Produkte aus ökologischem Landbau
Demeter	Produkte, die nach den Richtlinien des Forschungsringes für biologisch-dynamische Wirtschafsweise erzeugt werden; im Unterschied zu den üblichen ökologischen Anbaurichtlinien werden hier sog. Dynamische Präparate zur Bodenverbesserung eingesetzt und kosmische Rhythmen in die Landbewirtschaftung mit einbezogen
EkoVin	Konsequent ökologisch erzeugter Wein, Sekt, Traubensaft
Füllhorn	Bio-Eigenmarke der REWE-Handelsgruppe; wird in den Supermärkten HL, Globus, Groka, Kontra, Brücken, Stüssgen und Minimal verkauft
Gäa – ökologischer Landbau	Produkte der Mitgliedsbetriebe von Gäa
Naturland	Produkte von Naturland-Mitgliedsbetrieben
Naturkost	Produkte aus kontrolliert-ökologischem Anbau, die mit umwelt- und produktschonenden Herstellungsverfahren verarbeitet wurden
„N“ Natur-Kost und -Waren	Ladenschild für Naturkostläden mit konsequent ökologischem Sortiment
Naturkind	Bio-Eigenmarke der Unternehmensgruppe Tengelmann; wird in den Supermärkten Kaisers, Tengelmann, Gubi, Allo, Alles, Grosso und Magnet verkauft

Ökosiegel	Erzeugnisse von Ökosiegel-Mitgliedsbetrieben
Öko-Qualität aus Bayern	Erzeugnisse des ökologischen Landbaus in Bayern und daraus hergestellte Produkte
Öko-Prüfzeichen (ÖPZ)	Bundesweit einheitliches Prüfzeichen für Produkte aus ökologischem Landbau
Öko-Punkt Sachsen	Sächsische Produkte aus kontrolliert biologischem Landbau
Ökologische Agrarwirtschaft EWG-Kontrollsystem DE-123-Öko-Kontrollstelle	Produkte aus ökologischem Anbau, die nach den Richtlinien der EU-Bio-Verordnung erzeugt werden

Weitere Gütesiegel

Gerne ist man geneigt, ein Gütesiegel generell für eine positive Auszeichnung zu halten. Doch nur wer sich auskennt, unterliegt keiner Täuschung. Die folgenden Gütesiegel werden oft falsch interpretiert. Hier sollten Sie genau hinsehen.

Name	**Produkte**	**Besondere Hinweise**
Aus kontrolliertem Anbau mit Erzeugergarantie	verpackte Backwaren	Zeichen verwechselbar mit dem Begriff „kontrolliert biologischer Anbau“. Tatsächlich handelt es sich jedoch um den integrierten Pflanzenbau, der mit dem ökologischen Landbau nur das Verbot des Klärschlammeinsatzes gemein hat
CMA-Markenqualität aus deutschen Landen	Produkte der deutschen Agrar- und Ernährungswirtschaft	hohe Qualitätsanforderungen, insbesondere an Hygiene und Geschmack
CMA-Prüfsiegel „Deutsches Qualitätsfleisch“	Rind-, Schweine-, Kalb-, Lamm fleisch aus Deutschland	Anforderungen gehen über die gesetzlichen Bestimmungen hinaus; keine ökologischen Kriterien

Name	Produkte	Besondere Hinweise
DLG-Prämiert	Verschiedene Produkte	wird für verarbeitete Lebensmittel mit überdurchschnittlichem Genusswert vergeben
Einkaufen auf dem Bauernhof	Agrarprodukte	für landwirtschaftliche Betriebe, die ihre Produkte direkt vermarkten
Kontrollierte Haltungsform	Eier aus Freiland- o. Bodenhaltung	Kriterien gehen weit über die gesetzlichen Anforderungen hinaus
Neuform	Reformhausprodukte, die den Kriterien der Neuform-Vereinigung entsprechen	Produkte bestehen nicht unbedingt aus ökologisch erzeugten Rohstoffen, die Qualitätsansprüche gehen jedoch weit über die gesetzlich vorgeschriebenen Qualitätsanforderungen für Lebensmittel hinaus
Neuland	Fleisch und Fleischprodukte	garantiert Fleisch aus artgerechter und umweltschonender Tierhaltung
V-Label für vegetarische Produkte	für Vegetarier geeignete Produkte	Produkte werden ohne Zutaten von getöteten Tieren (Fleisch, Gelatine, Leder, Knochen, Tier-Fett) hergestellt. Produkte von lebenden Tieren (Eier, Milch) gehen auf artgerechte Haltung zurück. Der Zusatz „vegan" sichert den Ausschluss von tierischen Zutaten

Der grüne Punkt

Der grüne Punkt ist weder ein Qualitäts- noch ein Umweltzeichen. Er besagt lediglich, dass sich der Anbieter finanziell an der Sammlung und Weiterverarbeitung von Verkaufsverpackungen beteiligt.

Gesunde Ernährung beginnt beim Einkaufen

Wissen Sie eigentlich immer, was Sie eingekauft haben? Die meisten Menschen hasten durch den Supermarkt und packen in Windeseile ihren Einkaufswagen voll. Würde man zuhause das Zutatenverzeichnis der Waren durchgehen, so wären Sie regelrecht überrascht, wieviel Unerwünschtes sie sich da ins Haus geholt haben. Doch nicht immer sind falsche Einkaufsgewohnheiten schuld. Die Kennzeichnung der Lebensmittel ist teilweise schwer verständlich und lässt nicht immer erkennen, was wirklich in den Produkten steckt. Ihr persönliches Wissen ist gefragt. Bedenken Sie: Ihre Ernährung ist so gesund wie Ihr Einkauf! Und dazu gehört Warenkenntnis. Was nützen Ihnen die besten Vorsätze, wenn Sie nicht wissen, was sich hinter der Bezeichnung „leicht" verbirgt, wie sie versteckten Zucker und Fette erkennen können, oder Sie gar auf Mogeleien der Lebensmitteldesigner hereinfallen. Im Folgenden werden typische Einkaufsfallen erklärt.

Was ist leichte Kost?

Viele Menschen bemühen sich um eine kalorienarme Ernährung und holen sich oft unbewusst regelrechte Dickmacher ins Haus. Schuld ist oft eine mangelnde Kenntnis über die Auszeichnung von Lebensmitteln. Besonders Produkte mit den Kennzeichnungen „leicht", „light" oder „limit" locken immer mehr Verbraucher an. Solche Kennzeichnungen erwecken den Eindruck eines kalorienarmen oder gar gesundheitsfördernden Produkts. Doch was als light gekennzeichnet wird, steht ganz im Ermessen des Herstellers, denn dieses Zauberwort ist nicht geschützt. Ein leichtes Produkt kann z. B. leicht bekömmlich, leicht verdaulich, locker und luftig, kalorienarm, nikotinarm, koffeinarm oder kohlensäurearm sein. Überprüfen Sie also anhand der Zutatenliste oder Kennzeichnung, wodurch ein Produkt „leicht“ ist. Auf vielen Wegen kann ein Lebensmittel dieses Prädikat erlangen. Nachfolgend einige Beispiele:

- Produkte, die einen geringen Energiegehalte haben, wie z. B. Milchprodukte der Magerfettstufe, werden neuerdings einfach als light bezeichnet. Bei einer leichten Margarine oder Butter wird das Fett mit Hilfe von Emulgatoren mit Wasser vermischt. Auch bei Jogurt und anderen Milchprodukten wird Fett durch Wasser ersetzt;
- bei kohlenhydratreichen Produkten wie Backwaren sind beispielsweise Weizenmehle zum Teil gegen wenige nährstoffreiche Füll- oder Ballaststoffe ausgetauscht worden;
- es wird mit Süßstoffen anstatt mit Zucker gesüßt;
- Produkte werden mit Luft oder Stickstoff aufgeschäumt und erhalten so mehr Volumen. Der Energiegehalt pro 100 g verändert sich dadurch nicht;

Augen auf bei Prozentangaben

Lassen Sie sich nichts vormachen, wenn Sie auf einem Lightprodukt scheinbar exakte Zahlen entdecken. 60 % weniger Fett beispielsweise klingt gut, doch viel zu häufig werden Ihnen statt der tatsächlichen Einsparung nur beschönigende Rechenkunststücke präsentiert. Meist findet man auf dem Etikett keine eindeutigen Hinweise, worauf sich die Prozentangabe bezieht – auf das Gesamtgewicht oder die Trockenmasse oder gar auf ein vergleichbares Produkt? Besser ist es, diese Lebensmittel zu vermeiden. Light-Produkte sind nicht unbedingt gesunde Produkte, denn häufig sind sie mit Zusatzstoffen überfrachtet. Häufig sind auch Light-Produkte erheblich teurer als andere Produkte. Mit ein bisschen Überlegung lässt sich der durch light angestrebte Effekt ohne teure Produkte erzielen. Wer beispielsweise die Menge an Streichfett auf dem Brot reduziert, bewusst zu fettarmen Milch-, Käse- oder Wurstsorten greift oder Fruchtsäfte mit Mineralwasser verdünnt, hat ebenfalls einen leichten Genuss, der überdies noch gesünder ist und den Geldbeutel nicht belastet.

- der Alkoholgehalt von Getränken, insbesondere von Bier wird herabgesetzt. Solche Biere sind auch kalorienärmer, da die kalorienträchtige Reststärke entfernt oder abgebaut worden ist;
- der Koffein- oder Nikotingehalt in Genussmitteln wie Kaffee- oder Tabakprodukten wird verringert;
- Mineralwasser wird weniger bis gar keine Kohlensäure zugesetzt.

Gesetzlich geschützte Bezeichnungen

Kalorienreduziert

Diese Bezeichnung ist in der Nährwertkennzeichnungsverordnung festgelegt. Bei solchen Produkten muss der durchschnittliche Brennwert eines herkömmlichen Vergleichsprodukts um mindestens 40 % unterschritten sein. Für bestimmte Erzeugnisse sind Brennwerthöchstwerte vorgeschrieben.

Kalorienarm

Mit diesem Zusatz darf nur geworben werden, wenn der Brennwert eines flüssigen Lebensmittels nicht mehr als 20 kcal bzw. 84 kJ/100 ml und der eines festen nicht mehr als 50 kcal bzw. 210 kJ/100 g beträgt.

Diätetisches Lebensmittel

Darunter werden Nahrungsmittel verstanden, die in ihrer Zusammensetzung gegenüber normalen Produkten verändert sind, z. B. natriumarm, kochsalzarm, eiweißreich, glutenfrei. Sie dienen speziellen Ernährungsanforderungen. Solche Produkte sind in der Regel nicht kalorienreduziert.

Zuckerfrei

Diese Bezeichnung ist lebensmittelrechtlich nicht genormt. Sie sagt lediglich aus, dass kein normaler Haushaltszucker (Saccarose) verwendet wurde. Andere, kalorienhaltige Süßmacher wie Traubenzucker, Malzzucker, Fruchtzucker oder Zuckeraustauschstoffe können durchaus enthalten sein. Meist handelt es sich hierbei um Produkte für die Zahngesundheit.

Die Mogelei mit den Fettersatzstoffen

Fett liefert doppelt so viele Kalorien wie Eiweiß oder Kohlenhydrate. Daher sind viele Menschen bestrebt, Fett aus ihrer Ernährung zu entfernen. Doch fettarme Produkte schmecken meist nicht so gut, es fehlt ihnen der zarte, cremige Schmelz und das Aroma eines entsprechenden Vollfettprodukts. Daher arbeiten Lebensmitteldesigner permanent an verlockenden Lösungen für alle, die keine Lust auf Kalorienzählen haben. Die Entwicklung von Fettersatzstoffen macht es möglich. Aus Produkten wie speziell aufbereitetem Molken- oder Milcheiweiß, Sojaprotein, modifizierter Kartoffel-, Mais- oder Tapiokastärke, speziell verketteten Zuckermolekülen, mikrokristalliner Zellulose, Karageenanen, Alginaten oder von Mikroorganismen gebildeten Polysaccariden werden durch besondere technische Kniffe (physikalische, chemische oder enzymatische Modifikationen) diese Substanzen so verändert, dass sie auf der Zunge wie Fette wahrgenommen werden, obwohl sie keine sind. Diese Fettimitate werden vom Körper wie Proteine oder Stärke verwertet und liefern damit nur die Hälfte der Energie wie Fett. Diese Fetteinsparung wird jedoch in der Regel durch eine Fülle von Zusatzstoffen wie Verdickungsmittel, Emulgatoren, Füll- oder Quellstoffen sowie Aromastoffen erkauft. Der „Genuss ohne Reue" hat also seinen Preis.

Typische Produkte, in denen sich Fettersatzstoffe finden, sind Milch- und Käseprodukte, Fleisch- und Wurstwaren, Suppen, Soßen, Dressings, Puddings, Brotaufstriche, Süßspeisen oder Dressings, insbesondere wenn als kalorienarm ausgelobt.

TIPP

Solange Fettersatzstoffe aus bereits bekannten Nahrungsbestandteilen und zugelassenen Zusatzstoffen hergestellt werden, fallen sie nicht unter die Novel-Food-Verordnung und werden nicht eigens deklariert. Auf der Zutatenliste erscheinen die verwendeten Zutaten oder Zusatzstoffe.

Anders dagegen echte Kunstfette wie beispielsweise das Designerfett Olestra. Olestra ist eine künstliche Verbindung aus Zucker und Fettsäuren und wurde im Labor hergestellt. Dieses Fett ist unverdaulich und liefert so keine Kalorien, macht also nicht dick. Mit Hilfe von Olestra kalorienreduzierte Produkte schmecken also genauso wie gewohnt. Ein solches Fett muss aber auf dem Etikett eindeutig deklariert werden.

Milchimitate und Milchersatzprodukte

Im August 1990 erließ die Bundesregierung ein neues Milch- und Margarinegesetz, das deutschen Herstellern die Produktion von Milchimitaten gestattet. Als Milchimitate gelten Produkte, bei denen Milchfett und/oder Milcheiweiß ganz oder teilweise durch anderes Fett und Eiweiß ersetzt sind. Als Ersatz für das wertvolle Milchfett dienen vorwiegend billigere pflanzliche Rohstoffe, z. B. Sonnenblumen- oder Palmkernöl. Das Milcheiweiß ist derzeit noch schwierig zu ersetzen, meist wird (immerhin natürliches) Sojaeiweiß verwendet. Doch auch hier dürften in absehbarer Zukunft maßgeschneiderte Milcheiweißimitate in den Handel kommen.

Zusätzlich enthalten solche Imitate noch jede Menge an „Schönungsmitteln" wie Stabilisatoren, Emulgatoren, Konservierungs- und Farbstoffe, sie sind also ein wahrer Fremdstoffcocktail. In den EU-Nachbarländern, vor allem in Großbritannien und in Irland, gibt es praktisch zu jedem Milchprodukt auch ein Imitat. In den deutschen Markt halten solche nachgemachten Produkte noch zögerlich Einzug, doch es ist zu erwarten, daß sie in Zukunft einen gewissen Marktanteil erobern werden.

Nach der EU-Bezeichnungsschutzverordnung ist es verboten, Milchimitate unter Bezeichnungen wie „Milch" oder „Jogurt" zu verkaufen. Auch darf nicht durch Werbung oder das Etikett der Eindruck entstehen, es handle sich um ein echtes Milchprodukt. Verpackung in Milchkannenform oder Abbildung von weidenden Kühen oder Melkschemeln sind demnach verboten. Für verpackte Imitate ist ein Zutatenverzeichnis vorgeschrieben.

Problematischer ist die Kenntlichmachung bei loser Ware, bei verarbeiteten Lebensmitteln oder beim Verkauf in Kantinen oder Gaststätten.

Hier ist eine Kennzeichnung nicht unbedingt vorgeschrieben. Ein Verbraucher kann also nicht ohne weiteres erkennen, ob etwa der Käsebelag einer Pizza oder die Quarkspeise aus echter Milch ist oder nicht. Im Zweifelsfall sollte man nachfragen. Beispiele für bereits gängige Milchimitate sind die Kondensmilchimitate „Kaffeeweißer" (aus Magermilchpulver, Pflanzenfett und Zucker) oder die Dessertschäume aus der Dose als Sahneimitat (aus Milcheiweiß, Pflanzenfett und Zucker).

Zu unterscheiden sind hiervon die so genannten Milchsubstitutionsprodukte oder Milchersatzprodukte. Dies sind Erzeugnisse, die aus anderen Stoffen als Milch bestehen (meist Soja) und entweder als Produkte aus anderen Kulturkreisen auf dem hiesigen Markt eingeführt wurden oder in Reformhäusern für Verbraucher mit besonderen Kostanforderungen (Allergiker!) angeboten wurden. Beispiele hierfür sind Tofu, Sojadrinks, Sojajogurts, Sojafleisch, Sojadesserts etc. Man zählt sie nach neuerer Definition nicht mehr zu den Imitaten, da bei ihrer Konzeption und Entwicklung nicht primär die Nachahmung eines Milchprodukts unterstellt wird. Außerdem sind sie meist ausreichend deutlich gekennzeichnet und werden nur in speziellen Läden verkauft.

Für Ihre Ernährung ergibt sich daraus folgende Konsequenz:

- Auch wenn Sie Kuhmilchallergiker sind: Kaufen Sie keine Milchimitate. Sie enthalten praktisch immer einen – wenn auch geringen – Anteil Milcheiweiß, außerdem größere Mengen an Zusatzstoffen. Diese sind auch für Gesunde nicht gerade empfehlenswert.
- Greifen Sie bei einer Allergie zu Ersatzprodukten auf Sojabasis, wenn Sie Lust auf ein Milchprodukt haben. Achten Sie hierbei auf Qualitätsprodukte und kaufen Sie nur verpackte, ausreichend gekennzeichnete Ware. Meiden Sie stark bearbeitete Sojaprodukte wie Käse- und Fleischimitate.

Milchprodukte und ihre möglichen „Stellvertreter"

Milchersatzprodukt	Imitiertes Milchprodukt	Hauptbestandteile bzw. Ausgangsprodukt
IMITATE (MIT MILCHBESTANDTEILEN)		
Dessertschäume, pulverförmig (z. B. Schlagfit, Schlagschaum)	Sahne	pflanzl. Fette, Zucker, Milcheiweiß
Kaffeeweißer, pulverförmig	Kondensmilch	pflanzliche Fette, Zucker, Milcheiweiß
Kondensmilchimitate, flüssig (z. B. Coffee-fit)	Kondensmilch	kondensierte Magermilch, pflanzliche Öle
Milchpulverimitate	Vollmilchpulver	Magermilchpulver, pflanzliche Fette
Mischfette (z. B. Swing, Ravensburger, Streichgold, Greenfields, Brotaufstrich u. A.)	Butter, Milchhalbfett	pflanzliche Öle/Fette Milchfett/-eiweiß
Pflanzlicher Brotbelag	Käse	Magermilch bzw. Milcheiweiß, pflanzliche Öle/Fette
Sahneimitate, flüssig (z. B. Elmlea Whippinig)	Sahne	pflanzl. Fette, Zucker, Milcheiweiß, -fett
SUBSTITUTE (OHNE MILCHBESTANDTEILE)		
Sojadrink	Trinkmilch	Sojabohnen, Wasser, Süßungsmittel, Aromen
Sojaghurt	Jogurt	Wasser, Soja, ggf. Früchte
Tofu	Käse/Quark	Soja

Funktionelle Lebensmittel – teurer Luxus

Als funktionelle Lebensmittel werden in der Regel solche Produkte bezeichnet, die über die Ernährung hinaus noch eine weitere Funktion besitzen. Ihr Verzehr soll gleichzeitig gezielt bestimmten Krankheiten vorbeugen, das Immunsystem stärken oder die Verdauung verbessern. Diese gesundheitsfördernde Wirkung wird auf besondere Inhaltsstoffe zurückgeführt. Eine verbindliche Definition, was genau unter funktionellen Lebensmitteln zu verstehen ist, gibt es noch nicht.

Beispiele für funktionelle Bestandteile in Lebensmitteln

- Präbiotische Faser- und Ballaststoffe. Präbiotika sind nichtverdauliche Bestandteile der Nahrung, die nur von bestimmten, als gesundheitsförderlich angesehenen Bakterienstämmen im Darm verwendet werden können. Auf diese Weise soll das Gleichgewicht der Darmflora positiv beeinflusst werden. Präbiotische Zutaten sind meist speziell aufbereitete Faserstoffe aus Sojabohnen, Weizen, Zuckerrüben oder Chicorée.
- Probiotische Lebensmittel enthalten besondere Milchsäurebakterien, die gegenüber Magensäure und Gallensalzen unempfindlich sind und daher in höherer Zahl als konventionelle Bakterien in den Darm gelangen. Dort sollen sie unerwünschte oder gar krankheitserregende Mikroorganismen verdrängen und so insgesamt die Zusammensetzung der Darmflora positiv beeinflussen.
- Omega-3-Fettsäuren sind bestimmte mehrfach ungesättigte essentielle Fettsäuren, die in hohen Anteilen in Fischölen vorkommen und denen eine vorbeugende Wirkung gegen Herz-/Kreislauferkrankungen nachgesagt wird. Sie werden manchen Lebensmitteln gezielt zugesetzt. Beispiel: Brot, Margarine.
- Antioxidantien wie bestimmte Vitamine und Pflanzeninhaltsstoffe schützen die Zellen vor aggressiven Sauerstoffverbindungen und haben so eine vorbeugende Wirkung gegen verschiedene Krankheiten. Beispiel: ACE-Produkte.
- Phytosterine sind ursprünglich aus Pflanzen stammende Substanzen, die in ihrer Struktur dem Cholesterin ähneln. Aufgrund einiger klini-

scher Studien wird vermutet, dass solche Substanzen den Cholesterinspiegel im Blut senken. Beispiel: Angereicherte Margarine.

Nach deutschem Lebensmittelrecht ist die Werbung mit krankheitsbezogenen Aussagen, z. B. „senkt das Herzinfarktrisiko" verboten. Erlaubt ist jedoch die gesundheitsfördernde Wirkung eines Lebensmittels herauszustellen, z. B. „ein täglicher Beitrag zu Ihrer Gesundheit". In der Praxis hat sich eine von den Gerichten tolerierte Grauzone entwickelt, welche die Hersteller funktioneller Lebensmittel nutzen, um mit seriös klingenden Aussagen den angeblichen gesundheitlichen Wert ihrer Produkte hervorzuheben. Klare rechtliche Anforderungen, wie diese Behauptungen wissenschaftlich zu belegen sind, gibt es derzeit nicht.

Im Folgenden finden Sie eine kurze Marktübersicht mit derzeit aktuellen Produkten. Die aufgeführten Handelsprodukte sind ausgewählte Produktbeispiele ohne Anspruch auf Vollständigkeit; die jeweilige Bewertung bezieht sich auf die Produktkategorie und ist keine Abwertung des speziell genannten Produkts.

Produktgruppe mit beispielhaften Handelsprodukten	Versprochener Nutzen	Ernährungs-physiologische Bewertung
PROBIOTISCHE PRODUKTE		
Drinks auf Milchbasis		
Yacult (v. Yacult)	Stärkung der Abwehrkräfte, Schutz vor Krankheiten	sinnvoll zur Stärkung des darmeigenen Abwehrsystems; Nutzen nur bei regelmäßigem Verzehr, auf frische Produkte achten
Jogurts		
LC1 (v. Nestle), Procult (v. Müller), Jogurt mild, probiotisch (v. Naturkind), Emmifit (v. Emmi), Bioghurt (v. Strothmann)	Stärkung der Abwehrkräfte, Schutz vor Krankheiten	sinnvoll zur Stärkung des darmeigenen Abwehrsystems; Nutzen nur bei regelmäßigem Verzehr, auf frische Produkte achten
Milchmischerzeugnisse		
Actimell (v. Danone), Vifit (v. Südmilch AG), ProbioticLA7plus (v. Bauer), DailyFIT (v. Ehrmann)	Stärkung der Abwehrkräfte, Schutz vor Krankheiten	Produkte enthalten meist zu viel zugesetzten Zucker oder in der Light-Version Süßstoffe; dies hebt die günstige Wirkung auf die Darmflora wieder auf
Müslis		
Promüsli (v. Walkmühle), Knusperflockenmüsli, probiotisch (v. Schneekoppe)	Stärkung der Abwehrkräfte, Schutz vor Krankheiten	Wirkung zweifelhaft, da Bakterienkonzentration sehr niedrig

Quarkzubereitungen

Fitness-Quark (v. Onken), Frühlingsquark (v. Milram)	Stärkung der Abwehrkräfte, Schutz vor Krankheiten	Wirkung zweifelhaft, da Bakterienzahl oft zu gering; auf synthetische Zusatzstoffe (wie z. B. Verdickungsmittel, Süßstoffe, Emulgatoren etc.) achten

PRÄBIOTISCHE PRODUKTE

Gemüse

Iglo Vivaktiv, Ballaststoff-Auswahl	Regen die Verdauung an; fördern die gesunde Darmflora	geeignet für Menschen, die sich trotz Zeitmangel gesundheitsbewusst ernähren wollen; beste Alternative zu frischen Produkten; hoher Preis

Getränke

Ballaststoffhaltiger Drink (v. Müller), FasToFit (v. Schoenenberger), Gemüse + Ballaststoff (v. Rabenhorst)	Regen die Verdauung an; fördern die gesunde Darmflora	sehr teure Form der Ballaststoffzufuhr

Getreideprodukte

Balisto ceralisto (v. Mars), Ballaststoffangereicherte Brotsorten (z. B. Fitnessbrot v. Müller, PreCult 1-Semmel v. Müller)	Regen die Verdauung an; fördern die gesunde Darmflora	sinnvoll zur Erhöhung der Ballaststoffzufuhr; bei Riegelprodukten auf „ungesunde“ Zutaten wie gehärtete Fette oder Zuckerzusätze achten; zu ballaststoffreichen Brotsorten unbedingt ausreichend trinken

Produktgruppe mit beispielhaften Handelsprodukten	Versprochener Nutzen	Ernährungs-physiologische Bewertung
Müslis		
Vitalis Müsli Plus (v. Dr. Oetker), Kellogg's Nutrigrain, Kellogg's Optima, Kellogg's All-Bran Flakes	Regen die Verdauung an; fördern die gesunde Darmflora	auf Zuckerzusatz z. B. in Form von Honig, Traubenzucker, Schokolade achten; ausreichend trinken
Mit Omega-3-Fettsäuren angereicherte Produkte		
Eier		
Omega-DHA-Eier	Herzschutz	hoher Cholesterinspiegel erscheint bedenklich
Margarine		
m'Olivo von Vitaquell	Herzschutz	sinnvoll, wenn das Margarinefett weder gehärtet noch umgeestert wurde
Speziell mit Omega-3-Fettsäuren angereicherte Brotsorten	Herzschutz	Wirkung zweifelhaft, da Omega-3-Fettsäuren durch die hohen Backtemperaturen verändert werden können

TIEFKÜHLPRODUKTE		
Vivaktiv (v. Iglo) mit Weizenkeim- oder Distelöl	Herzschutz	geeignet für Menschen, die sich trotz Zeitmangel gesundheitsbewusst ernähren wollen; beste Alternative zu frischen Produkten; hoher Preis

MIT VITAMINEN ANGEREICHERTE PRODUKTE		
EiPlus Jod	Prophylaxe gegen Iodmangel	hoher Iodgehalt ist günstig, hoher Cholesteringehalt erscheint bedenklich
Müslis		
Kellogg's Just right mit Vitaminen und Eisen	Prophylaxe gegen Vitamin- und Eisenmangel	auf Zuckerzusatz z. B. in Form von Honig, Traubenzucker, Schokolade, achten; ausreichend trinken
Getränke		
ACE-Drinks	Prophylaxe gegen Vitalstoffmängel	sorgfältig auf die zugeführten Konzentrationen achten
Tiefkühlprodukte		
Vivaktiv (v. Iglo), ACE-Auswahl Garten	Prophylaxe gegen Vitalstoffmängel	geeignet für Menschen, die sich trotz Zeitmangel gesundheitsbewusst ernähren wollen; beste Alternative zu frischen Produkten; hoher Preis

Dossier: BSE

Was ist BSE?

Drei Buchstaben versetzen seit Monaten Verbraucher in Angst und Schrecken: BSE, Bovine Spongiforme Enzephalopathie, kurz schwammförmige Hirnkrankheit beim Rind, auch Rinderwahnsinn genannt. Die ersten Fälle wurden 1984 in Großbritannien entdeckt. Die erkrankten Tiere magern ab, sie werden aggressiv und verlieren allmählich die Kontrolle über ihre Muskeln. Es folgen Muskelzittern, unkontrollierter Speichelfluss, Taumeln, Einknicken und zunehmende Hilflosigkeit. Der BSE-Erreger zersetzt das Gehirn und macht es löchrig wie einen Schwamm. Daher die Bezeichnung schwammartig (spongiform). Die Inkubationszeit – die Zeit von der Ansteckung bis zum Ausbruch der Krankheit – beträgt viele Jahre.

Ähnliche Krankheiten sind auch bei anderen Tieren bekannt. Scrapie oder Traberkrankheit heißt die Gehirn- und Rückenmarkserkrankung bei Schafen. Der Erreger ist bereits seit 1732 bekannt. Mitte des 18. Jahrhunderts gab es eine Scrapie-Epedemie. In den siebziger Jahren unseres Jahrhunderts wurden verseuchte Schafe zu Tiermehl verarbeitet und an Rinder verfüttert. Offenbar hat sich aus Scrapie das bis dahin unbekannte BSE entwickelt.

Forscher vermuten mittlerweile, dass BSE bei Rindern ursprünglich vereinzelt auftrat und sich in den achtziger Jahren durch Verfüttern von verseuchtem Tiermehl massenhaft in Rinderherden ausbreitete. Zu Tiermehl wurden nicht nur Schafs-, sondern auch Rinderkadaver verarbeitet. Da Scrapie offenbar für den Menschen ungefährlich ist, ließen sich viele Forscher zu der jetzt widerlegten Annahme verleiten, auch BSE könne nicht auf den Menschen übergehen. Es gibt derzeit aber keine ernsthaften Zweifel mehr, dass auch Menschen sich mit BSE anstecken können. Die entsprechende Krankheit ist eine neue Variante der Creutzfeldt-Jakob-Krankheit (CJK), die immer tödlich verläuft. An dieser Krankheit sind bereits über 70 Menschen gestorben, fast alle in Großbritannien. Bisher gibt es keine Schutzimpfung oder Behandlungsmöglichkeit.

Die neue Creutzfeldt-Jacob-Krankheit

Die klassische Form der Creutzfeldt-Jakob-Krankheit tritt sehr selten auf (bei einem von einer Million Menschen) und betrifft meist ältere Menschen. Sie beginnt mit Gedächtnisstörungen, später kommen Muskelkrämpfe und Bewegungsstörungen hinzu. Als Ursache gelten Gendefekte oder Ansteckung mit infiziertem Gewebe, etwa bei Hornhaut-Übertragungen. Auch Operationsbesteck, das zuvor bei einem CJK-Patienten eingesetzt wurde, führt zur Ansteckung. Die Erkrankung endet nach einem meist mehrjährigen Leidensweg tödlich. Offensichtlich als Folge des Rinderwahnsinns ist nun eine neue Variante von CJK entstanden. Sie wurde erstmals 1995 in Großbritannien dokumentiert, bis jetzt sind weltweit 89 Menschen daran erkrankt oder bereits gestorben. In Deutschland ist bislang kein Fall von CJK bekannt. Experten zufolge gibt es zurzeit auch keinen begründeten Verdachtsfall. Anders als bei der herkömmlichen Form des Leidens erkranken an der neuen Variante vor allem jüngere Menschen (im Durchschnitt 28 Jahre alt).

Die Krankheit beginnt oft mit psychiatrischen Symptomen, etwa schweren Depressionen oder Angstzuständen, erst später treten Gedächtnisstörungen und Muskelzuckungen auf. Zweifelsfrei ist das Leiden erst nach dem Tod durch eine Hirnuntersuchung zu diagnostizieren. Die Zeit, die zwischen der Ansteckung mit dem BSE Erreger und dem Ausbruch der Krankheit beim Rind vergeht, die Inkubationszeit, beträgt nach Angaben des Bundesinstituts für gesundheitlichen Verbraucherschutz und Veterinärmedizin in Berlin durchschnittlich fünf Jahre.

Die Inkubationszeit der Creutzfeldt-Jakob-Krankheit beim Menschen ist noch unbekannt. Von der Länge dieser Zeit hängt es unter anderem ab, ob die 85 Opfer der neuen CJK-Variante in Großbritannien bereits als Höhepunkt der Epidemie anzusehen sind oder nur als „Spitze des Eisberges“. Es mehren sich jedoch Hinweise, dass die Inkubationszeit bis zu mehreren Jahrzehnten betragen kann. Dies ist etwa bei der Kuru-Erkrankung der Fall, einem der CJK sehr ähnlichen Leiden. Forscher sehen hier deutliche Parallelen. Der Krankheit Kuru fielen auf Neu-Guinea im vergangenen Jahrhundert mehrere Tausend Angehörige eines Naturvolkes zum Opfer. Sie infizierten sich nachweislich dadurch, dass sie aus rituellen Gründen vom Hirn ihrer eigenen Toten aßen. Die Epidemie endete 1957 mit dem Verbot dieser Praktiken.

Beunruhigend ist jedoch die Tatsache, dass in den letzten Jahren noch insgesamt elf Menschen an Kuru starben, obwohl sie vierzig Jahre lang kein Menschenfleisch mehr gegessen hatten. Zudem wiesen die Kuru-Opfer eine Gen-Variante auf, von der die Forscher bislang annahmen, dass sie von dem Befall mit entsprechenden Erregern schütze. Offenbar habe das Gen den Ausbruch der Krankheit nur hinausgezögert, so die Forscher. Möglicherweise gilt Ähnliches auch für die Creutzfeldt-Jakob-Krankheit. Wissenschaftler nehmen an, dass die Inkubationzeit beim Menschen unter anderem von der Menge der aufgenommenen Erreger und von genetischen Faktoren bei den Betroffenen abhängt.

Prionen als Erreger

Die Wissenschaft vermutet, dass all diese das Gehirn löcherig machenden Krankheiten durch so genannte „Prionen“ ausgelöst werden. Dabei handelt es sich um spriralförmige Eiweißstoffe. Der Begriff Prion ist eine Schöpfung des amerikanischen Forschers und Nobelpreisträgers Stanley Prusiner und ist eine Abkürzung für „Proteinaceous infectious particle“, was auf deutsch soviel heißt wie „eiweißartige ansteckende Teilchen“.

Das Besondere an diesen Molekülen ist die Tatsache, dass sie ansteckende Krankheitserreger sind, im Gegensatz zu Bakterien und Viren jedoch keine Erbsubstanz zu besitzen scheinen. Es handelt sich möglicherweise um reine Proteine (Eiweiße). Darauf deutet unter Anderem, dass die Moleküle aktiv bleiben, auch wenn sie bestrahlt werden – eine

Methode, die etwa bei Viren zur Zerstörung des Erbguts führt. Darüber hinaus sind Prionen extrem widerstandsfähig gegen Desinfektionsmittel und Hitze und werden auch von Verdauungsenzymen nicht zerstört. Erst durch Temperaturen über 136°C werden sie zerstört.

Die Idee, dass einige Krankheiten von Proteinen ausgelöst werden könnten, stammt schon aus den Sechziger Jahren. Seit Mitte der Achtziger Jahre weiß man allerdings, dass Säugetiere – auch Menschen – ein Gen für Prion-Proteine tragen, und die Eiweiße natürlicherweise in unseren Hirnzellen vorkommen.

Unter bislang ungeklärten Umständen kann jedoch aus dem harmlosen Prionprotein eine krank machende Form entstehen: Das Eiweiß ändert seine räumliche Gestalt (die so genannte Tertiärstruktur) von der „Alpha-Auffaltung" zur „Beta-Auffaltung". In dieser Form kann der Körper die Prionen nicht mehr abbauen; sie bleiben als „Müll" im Gehirn liegen und führen schließlich dazu, dass Nervenzellen zu Grunde gehen. Es entstehen Löcher, die dem Hirn ein schwammartiges Aussehen geben. Die Ausbreitung der Löcher geht auf die infektiöse Eigenschaft der Prionen zurück: die veränderten Eiweiße bewirken, dass auch andere Prionen in die krank machende Form übergehen, vergleichbar dem Umfallen von Dominosteinen. Prionenkrankheiten sind nachweislich ansteckend, können aber auch (selten) spontan entstehen. Es gibt demnach Prionen, die keine Krankheit verursachen, und es gibt jene, die die transmissiblen spongiformen Enzephalopathien auslösen. Erst kürzlich kamen französische Wissenschaftler der eigentlichen Funktion der körpereigenen Prionen auf die Spur: Die Eiweiße scheinen an der Feinregulierung von Nervenzellen beteiligt zu sein. Sie sitzen an der Oberfläche der Fortsätze von Nervenzellen, über die Reize weitergeleitet werden.

Unklarer Infektionsweg

Wie die Prionen von außen – etwa über die Nahrung – ins Gehirn gelangen, ist noch nicht geklärt. Im Prinzip existieren zwei Möglichkeiten, Säugetiere zu infizieren. Der eine ist die Übertragung von infektiösem Material direkt ins Gehirn. Auf diesem Wege wurde schon sehr früh nachgewiesen, dass auch Mäuse an Scrapie und Affen am Creutzfeldt-Jakob-Leiden erkranken können. Dieser Weg ist jedoch sehr selten.

Der zweite Weg ist noch nicht endgültig geklärt. Vermutet wird eine Ansteckung über die Nahrung – etwa verseuchtes Fleisch. Und im Gegensatz zu den körpereigenen Prionen werden die infektiösen Prionproteine im Magen nicht zerstört. Wie aber die Prionen aus der Nahrung vom Magen oder Darm in das Gehirn gelangen, wird derzeit noch erforscht. Schon weil Prionen bei Schafen, Rindern und auch bei Menschen außer im Gehirn vor allem auch in den Mandeln, dem Darm und der Milz gefunden werden, wird seit einiger Zeit vermutet, dass das Immunsystem bei der Ausbreitung im Körper eine wichtige Rolle spielt. Bereits 1998 haben schottische Forscher festgestellt, dass die Prionen sich in bestimmten Abwehrzellen, den so genannten follikulären dendritischen Zellen, die in den Lymphknoten und der Milz sitzen, ansammeln und vermehren. Wie allerdings die Prionen von der Milz schließlich ins Gehirn gelangen, ist noch immer unklar.

Gefährlicher Strukturwandel

Was die Umwandlung von harmlosen Prionproteinen in gefährliche Prionen genau auslöst, ist unbekannt. Fest steht aber auf jeden Fall: Nur Lebewesen, die selbst Prion-Proteine produzieren, können an einer Prionen-Krankheit leiden. Je ähnlicher die eigenen Prion-Proteine zu den eingedrungenen infektiösen Proteinen sind, desto größer ist das Ansteckungsrisiko.

So unterscheiden sich die Schaf- und Kuh-Prionen lediglich an sieben Positionen. Dagegen ist der Unterschied zwischen dem Kuh- und dem Menschen-Prion mit 30 Stellen erheblich größer. Prionen, an der eine Art erkrankt, kann für andere Arten harmlos sein. Wissenschaftler sprechen hier von einer „Art-Barriere".

Auf der anderen Seite gibt es jedoch immer wieder Beispiele dafür, dass diese Barriere durchbrochen wird. Gerade bei Menschen und Rindern ist die Struktur der normalen Prionen jedoch nahezu identisch, wie Züricher Wissenschaftler herausgefunden haben.

Dies spricht dafür, dass die neue Variante der Creutzfeldt-Jakob-Krankheit ihren Ursprung tatsächlich in der Rinderseuche BSE hat.

Nahrung als Risiko

Noch immer ist unklar, auf welchem Wege sich die bisher an der neuen CJK-Variante erkrankten Menschen angesteckt haben. Das höchste Risiko birgt offenbar der Verzehr von Hirn, Rückenmark oder anderer Innereien BSE-infizierter Tiere. Im Tiermehl können Erreger enthalten sein, wenn dies nicht bei hohen Temperaturen sterilisiert wird. Doch selbst dann besteht möglicherweise noch ein Restrisiko für eine Infektion. Knochenmehl wird für die Herstellung von Gelatine verwendet. In Deutschland wird Gelatine (enthalten in Fertig-Süßspeisen, Medikamenten, Jogurt) aber zu 90 Prozent aus Überresten von Schweinen hergestellt.

Muskelfleisch ist vermutlich weitaus weniger infektiös. Als ungefährlich gilt bislang die Milch: in Experimenten ließ sich BSE durch die Milch infizierter oder erkrankter Tiere nicht übertragen.

Seit es Forschern kürzlich gelang, Schafe durch BSE-verseuchtes Blut zu infizieren, wird auch eine Ansteckung über Blutprodukte nicht völlig ausgeschlossen.

Von sofort an sollen in Deutschland deshalb nach Empfehlungen des Paul-Ehrlich-Instituts in Langen bei Frankfurt Personen kein Blut mehr spenden, die sich zwischen 1980 und 1996 länger als sechs Monate in Großbritannien aufgehalten haben. Blutproben aus Großbritannien werden in Deutschland bereits seit 1996 nicht mehr verwendet.

Wahrscheinlich erfolgt die Ansteckung durch den Verzehr von Rinderprodukten, die mit dem BSE-Erreger belastet sind. Wesentlich ist der Gehalt der vorhandenen Erreger. Ein hohes Infektionsrisiko scheint von Gehirn, Rückenmark, Nerven- und Lymphgewebe BSE-kranker Rinder auszugehen. Nach neuesten Forschungen erscheint es auch möglich, dass der BSE-Erreger auch über die Schleimhäute der Augen, des Mundes und der Nase sowie bei Verletzungen der Haut (insbesondere Schnitt- und Stichverletzungen) übertragen werden könne. Gefährdet sind insbesondere Mitarbeiter von Schlachthöfen. Als gesicherte Übertragungswege gelten kontaminierte Rinderkraftfutter. Milchaustauscher für Kälber werden derzeit als Infektionsquelle untersucht. Daneben gilt die Übertragung vom Muttertier auf das Kalb als gesichert. Diskutiert werden eine Übertragung über Weideflächen, Insekten oder eine Übertragung von Rind zu Rind. Gesicherte Daten liegen dazu nicht vor.

Vorschriften zur Verbesserung des Verbraucherschutzes

Der Rinderpass und zwei Ohrmarken begleiten das Tier von der Geburt bis zum Schlachthof. Dies ermöglicht normalerweise eine genaue Überprüfung des Lebensweges und der Herkunft. Als wichtigste Schutzmaßnahme für den Verbraucher müssen als Risikomaterial geltende Schlachtteile (wie beispielsweise Hirn, Rückenmark, Augen) entfernt und beseitigt werden. Das Probenmaterial für den nun vorgeschriebenen BSE-Schnelltest muss entnommen und untersucht werden. Die Freigabe der gesamten Tagesproduktion an Schlachtkörpern kann erst erfolgen, wenn ein negatives Testergebnis vorliegt.

Schlachtkörper, die nach einem im Schnelltest nicht eindeutig negativ getesteten Tier vor der Reinigung und Desinfektion in derselben Schlachtlinie geschlachtet wurden, müssen unschädlich beseitigt werden. Gegebenenfalls erfolgt eine Vernichtung der gesamten, nach dem befallenen Rind geschlachteten Tagesproduktion, um eine Kontamination auszuschließen. Zukünftig muss die sorgfältige Lebendbeschau der Tiere im Hinblick auf klinische Anzeichen von BSE und die Kontrolle und Registrierung der Rinderpässe verstärkt werden.

Inzwischen haben die Europäische Union und die deutsche Regierung eine Reihe von Vorschriften zur Verbesserung des Verbraucherschutzes erlassen:

- Seit dem 1. Oktober 2000 gelten in der Europäischen Union verschärfte Maßnahmen zum Schutz vor der Rinderseuche BSE, Risikomaterialien wie Hirn, Rückenmark, Augen und Mandeln von Rindern, Schafen und Ziegen, die über zwölf Monate alt sind, dürfen weder in

Nahrungs- noch in Futtermitteln enthalten sein. Ab 1. Januar 2001 gilt das Verbot zusätzlich für den gesamten Rinderdarm.

- Ab 1. Januar 2001 ist in der Europäischen Union die Verfütterung von Tiermehl an alle Tiere, von denen Lebensmittel gewonnen werden, verboten. Das Verbot ist vorerst auf ein halbes Jahr befristet. Leider gibt es mehrere Ausnahmeregelungen in diesem Verbot. So dürfen u. A. Fischmehl, Fette und Gelatine weiterhin an Nicht-Wiederkäuer verfüttert werden.
- Ebenfalls ab 1. Januar 2001 sind in der EU für alle über 30 Monate alte Rinder, die geschlachtet werden, BSE-Schnelltests Pflicht.
- Seit dem 2. Dezember 2000 gilt in Deutschland ein unbefristetes Tiermehlverbot, das strenger ist als die künftige EU-Vorschrift. Fischmehl, Fette und Gelatine sind ebenfalls für Nicht-Wiederkäuer verboten. Als einzige tierische Eiweiße bleiben Milch und Milcherzeugnisse in der Nutztierfütterung sowie Fischmehl für Fische erlaubt. Restbestände tiermehlhaltiger Futter, die in den landwirtschaftlichen Betrieben noch vorhanden sind, dürfen an Nicht-Wiederkäuer noch verfüttert werden.

Prionen-Tests

BSE-getestet ist nicht gleichbedeutend mit BSE-frei. Mit den derzeit verfügbaren Testverfahren lässt sich aber zumindest ein Teil der befallenen Rinder aufspüren.

Zur Zeit gibt es drei Tests, mit denen BSE-Prionen bei Rindern aufgespürt werden und die von der Europäischen Union als einsatzfähig bestätigt wurden. Alle drei Verfahren benutzen Proben aus dem Gehirn verstorbener Tiere. Sie können die Existenz infektiöser Prionen auch schon einige Zeit vor dem Ausbruch der Krankheitssymptome nachweisen, wenn die Tiere – als gesund geltend – geschlachtet wurden.

Damit die Tests ansprechen, müssen ausreichend große Mengen der Erreger in der Probe enthalten sein, weshalb sie kaum geeignet sind, die Ansteckung mit der Rinderseuche schon im Frühstadium zu entdecken. Darüber hinaus müssen die Gewebeproben dort entnommen werden, wo die Prionen sich häufen. Gängige Methode ist zur Zeit, die Probe aus dem

Hirnstamm zu gewinnen – dem Übergang zwischen Gehirn und Rückenmark. Daraus ergibt sich ein Restrisiko, die Krankheit trotz der Tests zu übersehen. Gängige Praxis ist, die Erreger erst in Tieren über 30 Monate aufzuspüren. In einzelnen Fällen wurde der Rinderwahn jedoch auch schon bei jüngeren Tieren nachgewiesen.

Der Prionics-Test spürt die Erreger im Hirn- und Rückenmark infizierter Tiere innerhalb sieben Stunden mit Hilfe einer Technik auf, die Western Blot genannt wird.

Nach Angaben der Hersteller lassen sich die Prionen schon bis zu sechs Monate vor den ersten Symptome nachweisen. Er ist für ein Massen-Screening ausgelegt. Der Test wird seit 1999 regelmäßig in der Schweiz eingesetzt, Franzosen und Dänen arbeiten ebenfalls mit der Methode.

Der Enfer- oder Proteus-Test wird in Lizenz von der irischen Firma Enfer Scientific hergestellt und nutzt einen Antikörper, den die britische Firma Proteus entwickelt hat. Der Proteus-Test lässt sich teilweise automatisiert einsetzen, so dass eine große Zahl von Proben innerhalb kurzer Zeit getestet werden könnte.

Der CEA- oder Bio-Rad-Test wurde von der Französischen Atomenergiebehörde (Commission de l'Energie Atomique, CEA) entwickelt und gilt als der empfindlichste. Er beruht auf einem immunologischen Verfahren. Der Test wird von der US-Firma Bio-Rad (als Platelia-Test) produziert und ist schon in einigen europäischen Ländern im Einsatz. Aufgrund seiner großen Empfindlichkeit wird der Test in Laborexperimenten auch an infizierten Kälbern angewendet, um festzustellen, ob er die Krankheit auch bei erheblich jüngeren Tieren nachweisen kann als die anderen Tests.

Drei weitere Tests, die infektiöse Prionen an noch lebenden Tieren nachweisen sollen, werden zur Zeit entwickelt beziehungsweise getestet. Es wird aber noch einige Zeit dauern, bis ein anwendungsreifer Test vorliegt.

Risiko Wurst

Kein Lebensmittel ist so undurchschaubar wie die Wurst. Hierin verbergen sich oft Zutaten, die man nicht vermuten würde.

Eigentlich dürften BSE-verdächtige Materialien wie Hirn, Rückenmark oder Nervengewebe nicht in die Wurst verarbeitet werden. Es kann aber, auch wenn es nicht direkt verwurstet wird, durch die Verwendung von so genanntem Separatorenfleisch in die Wurst kommen, das mit Hilfe von Maschinen von den Knochen gepresst wird. Wenn Knochen der Wirbelsäule darunter sind, kann Rückenmark ins Fleisch gelangen. Seit dem 1. Oktober 2000 darf deshalb für keine Wurstsorte mehr Separatorenfleisch der Wirbelsäule von Rind, Schaf oder Ziege verwendet werden.

In einem gemeinsamen Test, der im Januar 2001 durchgeführt wurde, fanden das Erste Deutsche Fernsehen (ARD) und das ÖKO-Test-Magazin jedoch bis zu vier Prozent Hirn oder Rückenmark von Schwein oder Rind in drei Prozent von 103 untersuchten Sorten. Betroffen waren überwiegend Kalbsleberwurst und Geflügelwurst. Bei keiner der belasteten Proben deutet die Deklaration der Inhaltsstoffe auf die brisanten Zutaten hin: Schweinefleisch, Schweineleber, Speck und Kalbfleisch ist auf der Kalbsleberwurst deklariert, Truthahnfleisch und Hähnchenfleisch auf der Geflügelwurst. Vorsicht ist also geboten. Kaufen Sie nur bei einem Metzger Ihres Vertrauens.

Wurst ohne Rindfleisch

Einige Wurstsorten werden üblicherweise ganz ohne Rindfleisch hergestellt. Dazu gehören: Leberwurst Gutsherren Art, Schinkenmettwurst, Frankfurter Würstchen, Gänse- und Geflügelleberpastete, Gänse-, Geflügel- und Putenleberwursst, Zwiebelwurst, Westfälscher Pinkel, Blut- und Rotwurst – und natürlich Schinken. Allerdings haben die Überwachungsbehörden immer wieder festgestellt, dass die Wursthersteller bei der Deklaration betrügen: So beinhalteten von 116 Wurstproben, die das Hygiene-Institut Hamburg untersucht hat, 31 nicht deklariertes Rind.

Denn es ist derzeit nicht auszuschließen, dass auch Schweinehirn BSE übertragen kann. Ernst zu nehmende Befunde aus dem Institut für Fleischhygiene der Universität Leipzig deuten darauf hin, dass so genannte resistente Tierarten wie Schwein oder Geflügel Überträger und Vermehrer des BSE-Risikos sein können. Allerdings erlauben die Leitsätze des Deutschen Lebensmittelbuches für Geflügelfleischwurst derzeit noch ausdrücklich Separatorenfleisch – vom Rind, vom Schwein und vom Geflügel. Die Bundesregierung hat aber nur Separatorenfleisch von der Wirbelsäule des Rindes verboten. Von der Wirbelsäule des Schweines zum Beispiel darf es weiter kommen – und unter Umständen Rückenmark mit in die Wurst bringen.

TIPP

Die Bezeichnung einer Wurstsorte nach der Tierart hängt von der Menge des von der Tierart enthaltenen Fleisches ab. So kann in Geflügelwurst durchaus Rind- oder Schweinefleisch enthalten sein.

Risiko Fett

Derzeit steht auch das Fett im Verruf, zu den Infektionsquellen des Rinderwahnsinns zu zählen. Das Bundesinstitut für gesundheitlichen Verbraucherschutz und Veterinärmedizin (BgVV) erklärte, BSE-Risikomaterial wie Hirn und Rückmark seien möglicherweise zu Speisefetten verarbeitet worden. Derartige Fette finden sich in Christstollen, in Glasuren von Backwaren und in nicht rein pflanzlicher Margarine. Normalerweise darf zur Herstellung von Tierfetten kein Gehirn, sondern nur Fettgewebe verwendet werden. Bis zum Herbst 2000 wurden jedoch vor allem in Bayern große Mengen an Rinderhirn zu Tierfett verarbeitet. Das Fett sei zur Herstellung von Lebensmitteln sowie von Milchaustauschern zur Kälberaufzucht verwendet worden. Auch in der Kosmetikindustrie fand man dafür Verwendung, z. B. für Lippenstifte. Das aus Rinderhirn gewonnene Fett wurde offenbar nicht sterilisiert. Die so genannten Knochensammler, die Tierreste bei Schlachtbetrieben aufkaufen und weiter verarbeiten, unterliegen bis heute nicht den starken Auflagen, die für die

Tierkörperbeseitigungsanlagen gelten. So sind sie davon befreit, die zur Fett-Herstellung verwendeten Tierreste 20 Minuten lang bei 133 Grad Celsius und drei Bar zu sterilisieren.

Mittlerweile dürfen sie das so gewonnene Fett allerdings nur noch an die chemische Industrie verkaufen.

TIPP

Achten Sie bei Margarine auf rein pflanzliches Fett. Greifen Sie zu Lippenstiften auf Pflanzenfettbasis (Naturkosmetika). So können Sie sich vor Rinderfett schützen.

Ist Bio-Fleisch sicher?

Wurst und Fleisch vom Bio-Metzger sind weitesgehend sicher. Die Öko-Landwirte verzichten schon seit jeher auf das Verfüttern von Tiermehl, das Metzgerhandwerk löst das Fleisch nicht auf industrielle Weise von den Knochen, so dass mit bedenklichem Separatorenfleisch nicht zu rechnen ist.

Dennoch können die Öko-Bauern keine 100-prozentige Garantie geben, dass ihr Fleisch BSE-frei ist. Problematisch sind Umstellungsbetriebe, die auf ökologische Masttierhaltung umsteigen, sowie gewisse Ausnahmen, die auch Bio-Bauern den Kauf von Jungrindern aus konventioneller Haltung erlauben, um Inzucht vorzubeugen.

Die folgende Tabelle gibt eine Übersicht über die derzeitigen Gütesiegel für Fleisch sowie deren Bewertung durch das Ökotest-Institut Freiburg. Anbieter von Bio-Fleisch finden Sie im Internet unter „www.carechannel.de“.

ESSEN & TRINKEN **TEST** Fleisch-Siegel

♣♣ Empfehlenswert ♣ Eingeschränkt empfehlenswert ? Weniger empfehlenswert ?? Nicht empfehlenswert

Markenfleisch	Bayerwald Färse	Gutfleisch	Hessen aus gutem Grund	Reiter	Wiesenhof	Charo-Markenfleisch
Anbieter	Bayerwald Färse	Edeka Nord	Gutes aus Hessen	Reiter	Wiesenhof	Ralf Hamacher
Richtlinien ÖKO-TEST zur Verfügung gestellt	ja	ja	ja	ja	ja	**nein**
Tiermehlverbot vor Oktober 2000	ja	ja	ja	ja	ja	ja
Wenn ja, verboten seit	seit Gründung	seit Gründung	seit Gründung	seit Gründung	1996	seit Gründung
Gentech-Futter verboten?	ja	ja	ja	ja	ja	ja
Einführung des Programms	1989	1989	1996	1997	1971	1996
Wachstumsförderer verboten?	ja	ja	ja	ja	ja	ja
präventive Medikamentengabe verboten?	ja	ja	ja	ja	ja	ja
ökologische und/oder artgerechte Tierhaltung?	**nein**	**nein**	**nein**	**nein**	**nein**	ja
Unabhängige Kontrolle?	ja	ja	ja	ja	ja	nein
Anmerkungen					10)	12) 13)
Gesamturteil	**♣ Eingeschränkt empfehlenswert**					**? Weniger empfehlenswert**

Fett gedruckt führt zur Abwertung.

Markenfleisch	Burgentaler	Deutsches Qualitätsfleisch aus kontrollierter Aufzucht	Eichenhof	Garantierte Herkunft Rheinland-Pfalz (Rindfleisch)	Goldswien-Qualitätsfleisch	Gütesiegel Odenwald-Fleisch
Anbieter	AMG	CMA	EGO	Landwirtschaftsk. Rheinland-Pfalz	Goldswien	Gütes. Odenwald-Fleisch
Richtlinien ÖKO-TEST zur Verfügung gestellt	ja	ja	ja	ja	ja	**nein**
Tiermehlverbot vor Oktober 2000	ja	**nein**	ja	ja	ja	ja
Wenn ja, verboten seit	seit Gründung	entfällt	seit Gründung	seit Gründung	seit Gründung	seit Gründung
Gentech-Futter verboten?	**nein**	**nein**	ja	**nein**	**nein**	**nein**
Einführung des Programms	2001	1990	1992	1996	1998	1996
Wachstumsförderer verboten?	ja	**nein**	**nur bei Schweinen**	**nein**	ja	**nein**
präventive Medikamentengabe verboten?	**nein**	**nein**	**nein**	**nein**	**ab 40 kg**	ja
ökologische und/oder artgerechte Tierhaltung?	**nein**	**nein**	**nein**	**nein**	**nein**	**nein**
Unabhängige Kontrolle?	ja	ja	ja	ja	ja	ja
Anmerkungen		1) 18)	14)	1)		
Gesamturteil	**?? Nicht empfehlenswert**					

Fairland - Die ehrliche Marke	Nordhessisches Landfleisch	Unser Produkt - Pfalz-Fleisch (Rind)	Allgäuer Vollmilchkalb	Auslese aus dem Oldenburger Land	BauernSiegel	Birkenhof	Böseler Goldschmaus (Schwein)
Fairland	Proll	Rindermast-kontrollring Pfalz	Kälber EG Allgäu	NFZ	BauernSiegel Erzeugergem.	Tengelmann / Kaiser's	Böseler Goldschmaus
nein	ja	ja	**nein**	ja	ja	ja	**nein**
ja	ja	ja	ja	**nein**	ja	ja	ja
seit Gründung	seit Gründung	seit Gründung	seit Gründung	entfällt	1991	seit Gründung	1999
ja	**nein**	**nein**	ja	**nein**	**nein**	**nein**	ja
1994	1995	1988	1989	1994	1989	1991	1992
ja	ja	ja	ja	**nein**	**nein**	**nein**	ja
ja	ja	ja	ja	ja	ja	**nein**	ja
ja	**nein**	**nein**	**nein**	**nein**	**nein**	**nein**	**nein**
nein	ja	ja	ja	ja	ja	ja	ja
							1)
			?? Nicht empfehlenswert				

Gutfleisch	Hergestellt und geprüft in Schleswig-Holstein	Herkunft und Qualität Baden-Württemberg	Kleiber- Natürlich gutes Fleisch (Schwein)	Land Juwel	Land Primus	Landklasse	Original Thüringer Qualität
Edeka Minden-Hannover	Landwirtschaftsk. Schleswig-Hol.	Ministerium Ländl. Raum	Kleiber	Premium-Fleisch	Tegut / kff	Coop Schleswig-Holstein	Thüringer Min. f. Landwirtschaft
ja	ja	ja	ja	ja	ja	ja	**nein**
ja	ja	ja	ja	ja	ja	ja	**nein**
seit Gründung	seit Gründung	1997	seit Gründung	1991	seit Gründung	1995	entfällt
nein	**nein**	**nein**	ja	**nein**	**nein**	**nein**	**nein**
1989	1965	1989	1985	1989	1995	1990	1995
nur bei Rindern	**nur bei Rindern**	**nein**	**nein**	**nein**	**nein**	**nein**	ja
ab 40 kg	ja	ja	ja	ja	**nein**	**nein**	ja
nein	**nein**	**nein**	**nein**	**nein**	**nein**	**nein**	**nein**
ja	ja	ja	ja	ja	ja	ja	ja
	1) 19)	1)	10) 15)				1) 20)

Kälber und Kalbfleisch | Lämmer und Lammfleisch | Rinder und Rindfleisch | Schweine u. Schweinefleisch

Markenfleisch

	Qualität aus Bayern - Garantierte Herkunft Kalbfleisch	Qualität aus Bayern - Garantierte Herkunft Lammfleisch	Qualität aus Bayern - Garantierte Herkunft Rindfleisch	Qualität aus Bayern - Garantierte Herkunft Schweinefl.	Qualitätsrindfleisch
Anbieter	Bayerisches Staatsmin. f. Ernährung	Bayerisches Staatsmin. f. Ernährung	Bayerisches Staatsmin. f. Ernährung	Bayerisches Staatsmin. f. Ernährung	Bäuerliche Erzeugergemein.
Richtlinien ÖKO-TEST zur Verfügung gestellt	ja	ja	ja	ja	ja
Tiermehlverbot vor Oktober 2000	ja	ja	ja	**nein**	ja
Wenn ja, verboten seit	seit Gründung	seit Gründung	seit Gründung	entfällt	seit Gründung
Gentech-Futter verboten?	**nein**	**nein**	**nein**	**nein**	**nein**
Einführung des Programms	1996	1996	1994	1996	1992
Wachstumsförderer verboten?	**nur Antibiotika**	**nein**	**nur Antibiotika**	**nur bei Spanferkel**	**nein**
präventive Medikamentengabe verboten?	**nein**	**nein**	**nein**	**nein**	**nein**
ökologische und/oder artgerechte Tierhaltung?	**nein**	**nein**	**nein**	**nein**	**nein**
Unabhängige Kontrolle?	ja	ja	ja	ja	ja
Anmerkungen					
Gesamturteil	**?? Nicht empfehlenswert**				

Fett gedruckt führt zur Abwertung.

Markenfleisch

	Qualitätsschweinefleisch »Gutes aus Hessen«	Saugut - Eifelschwein	Schwein von hier - Markenfl. aus Waldeck-Frankenberg	Unser Produkt - Pfalz-Fleisch (Schwein)	Ursprüngl. Regionalerz. aus Marburg-Biedenkopf	Vom Saarlandwirt
Anbieter	Gutes aus Hessen	Schweine-Vermarktung	Erz. Waldeck-Frankenberg	Rindermastkontrollring Pfalz	Erzeugerm. Marburg-Biedenkopf	Landwirtschaftsk. Saarland
Richtlinien ÖKO-TEST zur Verfügung gestellt	**nein**	**nein**	ja	ja	ja	ja
Tiermehlverbot vor Oktober 2000	ja	**nein**	ja	**nein**	ja	ja
Wenn ja, verboten seit	seit Gründung	entfällt	seit Gründung	entfällt	seit Gründung	1994
Gentech-Futter verboten?	**nein**	**nein**	**nein**	**nein**	**nein**	**nein**
Einführung des Programms	Juli 2000	1995	1994	1988	1994	1988
Wachstumsförderer verboten?	**nein**	**nein**	**nein**	ja	**nein**	**nein**
präventive Medikamentengabe verboten?	**nein**	**ab 40 kg**	ja	ja	**nein**	ja
ökologische und/oder artgerechte Tierhaltung?	**nein**	**nein**	**nein**	**nein**	**nein**	**nein**
Unabhängige Kontrolle?	ja	ja	nein	ja	ja	ja
Anmerkungen						
Gesamturteil	**?? Nicht empfehlenswert**					

Die Testkriterien auf einen Blick

Die **Richtlinien** eines Gütesiegels legen fest, was erlaubt ist und was nicht. Die **Verfütterung von Tiermehl** ist der wahrscheinlichste Übertragungsweg für BSE. Seit 1994 dürfen Rinder nicht mehr mit Tiermehl gefüttert werden, seit Dezember 2000 gilt dies auch für Schweine und Geflügel. Durch **Futter mit gentechnisch veränderten Organismen** gelangen fremde Eiweiße in die Nahrung, was für Allergiker ein Problem sein kann.

Als **Wachstumsförderer** werden u.a. Antibiotika genutzt, die auch in der Humanmedizin eingesetzt werden. Hier besteht die Gefahr, dass sich resistente Keime entwickeln und die Antibiotika nicht mehr wirken, wenn man sie im Krankheitsfall braucht.
Der **präventive Einsatz von Medikamenten** ist nicht nötig, wenn robuste Tierarten gut gehalten werden.

Die **Kontrolle des Programms** durch ein unabhängiges Institut ist ein Zeichen für die Seriosität des Gütesiegels.
Die Anforderungen einer **artgerechten Tierhaltung** sind nicht gesetzlich definiert; allerdings sollten Vollspaltenböden und eine dauerhafte Anbindehaltung verboten und eine eingestreute Liegefläche sowie Auslaufmöglichkeit für die Tiere vorgeschrieben sein. Auch eine möglichst kurze Transportdauer bis zum Schlachthof ist sinnvoll.

Diese Anbieter von Gütesiegeln haben den Einblick verweigert

Altenburger Jungbulle von Südost-Fleisch, **Auswahl vom Rind** von Westfleisch, **Coburger Schweinegold, Ochsengold und Färsengold** von Südfleisch, **Happy Ham** vom gleichnamigen Anbieter, **Landfleisch – Natürlich gut** vom Konsum Leipzig, **Marke Hofgut** Schwaige von Vinzenzmurr, **Meisterfleisch** – zart und saftig von Hochwald, **Qualitätserzeugnis – pro agro geprüft** von pro agro, **Zart & saftig – kontrolliertes Qualitätsfleisch** von der Erzeugergemeinschaft für Qualitäts-Schlachttiere in Schwaben.

Bio-Fleisch und/ oder artgerechte Tierhaltung	Alnatura	ANOG	Bio-Gut-fleisch	Bio-Gut-fleisch	bio.franki	Biogarant	Biokreis	Bioland
Anbieter	Alnatura	ANOG	Edeka Nord	Edeka Minden-Hannover	WFG	Biopark	Biokreis Ostbayern	Bioland
Tiermehlverbot vor Oktober 2000	ja	ja	ja	ja	ja	ja	ja	ja
Wenn ja, verboten seit	seit Gründung (Wiederkäuer), seit 1994 für andere	seit Gründung	seit Gründung	seit Gründung	seit Gründung	seit Gründung	seit Gründung	seit Gründung
Gentech-Futter verboten?	ja	ja	ja	ja	ja	ja	ja	ja
Einführung des Programms	1984	1962	1995	1997	k.A.	1995	1979	1974
Wachstumsförderer verboten?	ja	ja	ja	ja	ja	ja	ja	ja
präventive Medikamentengabe verboten?	ja	ja	ja	ja	ja	ja	ja	ja
Unabhängige Kontrolle?	ja	ja	ja	ja	ja	ja	ja	ja
Anmerkungen	9)				3) 4)			
Gesamturteil	**Empfehlenswert**							

Fett gedruckt führt zur Abwertung.

Bio-Fleisch und/ oder artgerechte Tierhaltung	kff-Bio	Limousin Herdbuch-zucht	Marschen-rind	Naturland	Neuland	Öko-Prüf-zeichen	Öko-Qualität garantiert aus Bayern	ÖkoBund	Ökoland
Anbieter	Tegut / Kurhess. Fleischwaren	Limousin Herdbuchzucht	Freels-Peters	Naturland	Neuland	ÖPZ	Landesvereinigung f. ökolog. Landbau	ÖkoBund	Ökoland Nord
Tiermehlverbot vor Oktober 2000	ja	ja	ja	ja	ja	ja	ja	ja	ja
Wenn ja, verboten seit	1986	seit Gründung	seit Gründung	seit Gründung	seit Gründung	seit Gründung	seit Gründung	seit Gründung	seit Gründung
Gentech-Futter verboten?	ja	ja	ja	ja	ja	ja	ja	ja	ja
Einführung des Programms	k.A.	1990	1993	1982	1988	1999	1996	1996	k.A.
Wachstumsförderer verboten?	ja	ja	ja	ja	ja	ja	ja	ja	ja
präventive Medikamentengabe verboten?	ja	ja	ja	ja	ja	ja	ja	ja	ja
Unabhängige Kontrolle?	ja	ja	ja	ja	ja	ja	ja	ja	ja
Anmerkungen						11)			6)
Gesamturteil	**Empfehlenswert**								

Anmerkungen:
1) Programm wird überarbeitet.
2) Nur lokal gezüchtete Rinderrassen sind zugelassen.
3) Die Betriebe gehören den Bio-Verbänden Demeter, Bioland oder Biokreis an; es gelten deren Richtlinien.
4) Mutterkuhhaltung ist vorgeschrieben.
5) Produktion nach Naturland-Richtlinien.
6) Produktion nach Bioland-Richtlinien.
7) Nur die Landrasse Schwäbisch-Hällisches Schwein und Kreuzungen daraus sind zugelassen.
8) Teilnahme an einem Extensivierungsprogramm ist vorgeschrieben.
9) Die Landwirte gehören AGÖL-Verbänden an.
10) Nur deutsches Futter erlaubt, das in eigenen Mühlen gemahlen wird.
11) Logo mit den Namen der Bundesländer versehen, in denen die Tiere geboren wurden. Diese Herkunftsbezeichnung nutzen bislang nur Sachsen und Thüringen.
12) Programm soll laut Anbieter ab Mitte 2001 durch eine unabhängige Institution kontrolliert werden.
13) Nur Charolais-Rinder aus Mutterkuhhaltung sind zugelassen. Die Tiere leben im natürlichen Herdenverbund.
14) Regional geschlossene Produktionskette von der Aufzucht bis zur Fleischgewinnung. Einführung 1983 nur für Schweine,

Biopark	Biopark-Premium	boeuf de Hohenlohe	boeuf de Hohenlohe - ECO	Chiemgauer Naturfleisch	Demeter	Ecoland	EKO	EU-Ökolabel	Füllhorn	Gäa
Biopark	Biopark	Bäuerliche EZG SHA	Bäuerliche EZG SHA	Chiemgauer Naturfleisch	Demeter	Ecoland	Skal	EU-Kommission	Rewe	Gäa
ja	ja	ja	ja	ja	ja	ja	ja	ja	ja	ja
seit Gründung	seit Gründung	seit Gründung	seit Gründung	seit Gründung	seit Gründung	seit Gründung	seit Gründung	seit Gründung	seit Gründung	seit Gründung
ja	ja	ja	ja	ja	ja	ja	ja	ja	ja	ja
1992	1996	1996	1996	1991	1928	1997	1985	2000	1997	1989
ja	ja	ja	ja	ja	ja	ja	ja	ja	ja	ja
ja	ja	ja	ja	ja	ja	ja	ja	ja	ja	ja
ja	ja	ja	ja	ja	ja	ja	ja	ja	ja	ja
		2)	2)						5)	

Ökosiegel	Robustrind aus Schleswig-Holstein	Schwäbisch-Hällisches Qualitätsschweinefleisch - ECO	Schwäbisch-Hällisches Qualitätsschweinefleisch g.g.A.	Thönes Natur	Thönes Natur - Der neue Bio-Geschmack	Von Hier Rindfleisch	Weidehof	WFG franki	Waldecker Weideschwein
Ökosiegel	Landwirtschaftsk. Schleswig-Holstein	Bäuerliche EZG SHA	Bäuerliche EZG SHA	Thönes	Thönes	Reiter	Erzeugergem. Weidehof	WFG	Erzeugergem. W. Weideschwein
ja	ja	ja	ja	ja	ja	ja	ja	ja	ja
seit Gründung	seit Gründung	seit Gründung	seit Gründung	seit Gründung	seit Gründung	seit Gründung	seit Gründung	seit Gründung	seit Gründung
ja	ja	ja	ja	ja	ja	ja	ja	ja	**nein**
1989	1995	1988	1988	1988	1998	1997	1997	1996	1990
ja	ja	ja	ja	ja	ja	ja	ja	ja	ja
ja	ja	ja	ja	ja	ja	ja	ja	ja	ja
ja	ja	ja	ja	ja	ja	ja	ja	ja	nein
1)		7)	7)	17)	17)			4) 8)	
									Eingeschränkt empfehlenswert

ür Rinder 1992. Tiermehlfütterung für Schweine erst seit 997 verboten.
5) Laut Anbieter wird ab Juli 2001 auf Wachstumsförderer verzichtet.
6) Laut Anbieter wird das Programm evtl. eingestellt.
7) Laut Anbieter besonders schonende Schlachtung.
8) Einführung 1990 nur für Schweine, für Rinder 1992.
9) Tiermehlfütterung für Schweine erst seit 1992 verboten.
20) Einführung 1995 nur für Schweine, für Rinder 1996.

Legende: Produkte mit dem gleichen Testurteil sind in alphabetischer Reihenfolge aufgeführt.

k.A. = keine Angabe. Zur Abwertung um jeweils drei Stufen führen: a) wenn die Verfütterung von Tiermehl im Oktober 2000 nicht für alle Tiere verboten war;
b) wenn Wachstumsförderer nicht vom ersten Tag an verboten sind;
c) wenn Medikamente vorbeugend gegeben werden dürfen.
Zur Abwertung um zwei Stufen führt, wenn ÖKO-TEST die Richtlinien für ein Programm nicht zur Verfügung gestellt wurden.
Zur Abwertung um jeweils eine Stufe führen:
a) wenn die Verfütterung von gentechnisch veränderten Organismen (GVO) nicht verboten ist;
b) keine ökologische und/oder artgerechte Tierhaltung.

Fragen und Antworten zu BSE

Lässt sich der BSE-Erreger durch Garmethoden wie Kochen oder Braten abtöten?

Leider Nein! Ob in der Pfanne, der Mikrowelle oder im Dampfdrucktopf: dabei werden nicht die notwendigen Bedingungen wie eine ausreichende Erhitzung unter hohem Druck erreicht.

In welchen Wurstwaren muss man mit Rindfleisch rechnen?

Rindfleisch kann praktisch in allen gängigen Wurstrezepturen enthalten sein. Das Vorhandensein von Rindfleisch muss normalerweise in der Zutatenliste gekennzeichnet sind. Zutaten wie „Bluteiweiß“ und „Darm“ (gekennzeichnet u. A. als Hülle, Haut oder Darm) können auch vom Rind stammen. Der Hinweis, von welcher Tierart dies gewonnen wurde, muss nicht gegeben werden. Achtung: Auch Geflügelwurst kann Rind- und Schweinefleisch enthalten. Lesen Sie die Zutatenliste!

Eine Deklaration „garantiert ohne Rind“ reicht nicht aus, weil Bluteiweiß nicht als „Fleisch“ bezeichnet wird. Um sicher zu sein, dass eine Wurst garantiert keinerlei Bestandteile vom Rind enthält, müsste die Wurst wie folgt deklariert sein: „Garantiert ohne Bestandteile vom Rind.“ Auch bei loser Ware können Sie nur sicher sein, wenn der Metzger Ihnen eine entsprechende Garantie gibt. Eine weit gehende Sicherheit bietet Bio-Wurst.

Wie sicher sind Milch und Milchprodukte?

Sie gelten nach dem derzeitigen Stand der Forschung als unbedenklich. Alle Versuche, BSE-Erreger in der Milch nachzuweisen, verliefen negativ. Trotzdem darf die Milch von BSE-erkrankten Tieren weder für die menschliche noch für die tierische Ernährung verwendet werden.

Worauf muss man bei Säuglingsnahrung achten?

Die großen deutschen Hersteller von Säuglingsnahrung haben schon vor mehreren Jahren eine Erklärung abgegeben, dass sie nur deutsches Rindfleisch verwenden. Viele deutsche Hersteller setzen auch bereits Rohstoffe von ökologisch wirtschaftenden Betrieben ein. Dies ist durch einen Hinweis auf der Zutatenliste erkennbar. Angesichts der nun auch in

Deutschland aufgetretenen BSE-Fälle bergen diese Produkte vermutlich ein gewisses Risiko. Bei Fragen zu einzelnen Produkten können Sie sich an die Hersteller wenden. Auf Produkte mit Rindfleisch ungeklärter Herkunft sollten Sie grundsätzlich verzichten.

Kann man ohne weiteres auf Fertiggerichte zurückgreifen?

Bei Konservendosen, Tiefkühl- oder Mikrowellengerichten muss in der Zutatenliste vermerkt sein, ob Rindfleisch enthalten ist. Eine Herkunftsangabe muss nicht erfolgen. Bei der zulässigen Kennzeichnung „Fleischeinwaage“ oder „Fleischanteil“ ist unklar, um welche Fleischart es sich handelt. Wenden Sie sich im Zweifelsfall direkt an die Hersteller.

Gelatine ist in vielen Produkten enthalten. Worauf muss man achten?

Nach Angaben der Industrie besteht Gelatine in Deutschland zu 90 % aus Schweineschwarten. Die restlichen 10 % aus Rinderbestandteilen (v. A. Häute und Knochen) werden mit starken Laugen behandelt, die das BSE-Risiko stark mindern sollen. Britische Gelatine wird schon seit Jahren nicht mehr importiert. Auf Gelatine zu verzichten erweist sich beim Einkauf als schwierig, da sie in zahlreichen Produkten enthalten ist (siehe die gleich folgende Auflistung). Achten Sie auf die Zutatenlisten! Alternativen sind pflanzliche Verdickungsmittel wie Pektin oder Johannisbrotkernmehl. In vielen Bioläden und Reformhäusern erhalten Sie Süßwaren ohne Gelatine, z. B. Gummibärchen mit Pektin oder Lakritz mit Melasse.

Gelatinehaltige Lebensmittel

- Fisch- und Fleischwaren in Aspik
- Puddings, Cremespeisen, Dessertgelees
- Gelatinezuckerwaren (z. B. Gumminbonbons, Weingummi etc.)
- Diätfertiggerichte
- Tortenguss
- Geleefrüchte
- Marmelade, Fruchtpasten
- Fleisch- und Fischkonserven.

Bergen Arzneimittel und Kosmetika Risiken?

Strenge Sicherheitsmaßnahmen, beispielsweise das Verbot der Verwendung von Risikomaterial seit 1998, sind bei der Herstellung von Arzneimitteln und kosmetischen Produkten vorgeschrieben. Ein Risiko kann jedoch nicht ausgeschlossen werden. Sicher sind Pflanzenprodukte.

Tipps für Ihren Einkauf und Ihre Ernährung bei BSE-Gefahr

Solange BSE in unseren Nahrungsmitteln lauern kann, sollten Sie sich ganz bewusst ernähren, um jedes Risiko auszuschalten. Die folgenden Regeln helfen Ihnen hierbei.

1) Bevorzugen Sie Fleisch aus Ihrer Region und kaufen Sie nur bei Fleischern, denen Sie vertrauen. Eine Gefahr können Sie zwar nicht ausschließen, aber verringern.

2) Bevorzugen Sie Fleisch aus ökologischer Tierhaltung trotz höherer Kosten. Hier gelten strengere Auflagen.

3) Fragen Sie beim Einkauf nach getestetem Rindfleisch und achten Sie auf die Herkunft der Ware. Das gibt keine absolute Sicherheit, erhöht aber den Druck auf die Fleischindustrie.

4) Bevorzugen Sie Rindfleisch aus Argentinien. Dort sind bislang keine BSE-Fälle bekannt. Absolute Sicherheit gibt es aber nicht.

5) Schwein und Geflügel gelten derzeit als sicher. Ein Artensprung des BSE-Erregers wurde hier noch nicht beobachtet.

6) Meiden Sie Wurst, deren Zutaten Sie nicht kennen und essen Sie keine Wurst, die Rinderhirn, Leber, Bries, Blut oder Innereien enthält. Bevorzugen Sie Schinken, Schwein und Geflügel.

7) Ersetzen Sie Rinderprodukte durch pflanzliche Alternativen: Pflanzliche Brühe statt Rinder-Bouillon, Stärke, Johannisbrotkernmehl und Agar-Agar statt Gelatine.

8) Meiden Sie Fertiggerichte, die Rindfleisch oder Rinderprodukte enthalten bzw. enthalten können („mit Fleischanteil"). Die Herkunft des Fleisches ist hier nicht nachzuvollziehen.

9) Neugeborene können ohne Rindfleisch aufwachsen. Nutzen Sie die Chance und verzichten Sie auf Rindfleisch in der Babynahrung, bis Infektionen mit Gewissheit ausgeschlossen sind.

10) Bevorzugen Sie pflanzliche Kosmetik. Achten Sie auf die Inhaltsstoffe: Collagen und Elastin etwa können von Rindern stammen.

Vegetarische Kost

Immer mehr Menschen überlegen, ob sie nicht ganz auf Fleisch verzichten sollen. Wer seine Kost richtig zusammenstellt, kommt durchaus auch ohne Fleisch aus. Hierzu folgende Tipps:

- Auf Fleisch und Wurst zu verzichten bedeutet kein Gesundheitsrisiko. Studien belegen, dass ein ausgewogener vegetarischer Ernährungsstil sogar gesundheitsfördernd ist und vor Krankheiten schützen kann. Das gilt insbesondere für Lebensmittel aus kontrolliert ökologischem Anbau, wo beispielsweise weder Spritzgifte noch Kunstdünger zum Einsatz kommen.
- Wer vegetarisch essen will, sollte Gemüse oder Obst zusammen mit Getreide verzehren. Denn das pflanzliche Vitamin C verbessert die Eisenaufnahme aus dem Getreide.
- Die Versorgung mit Jod kann durch jodiertes Speisesalz verbessert werden. Und wer hin und wieder milchsauer vergorenes Gemüse wie Sauerkraut auf dem Speiseplan hat, bekommt auch ausreichend Vitamin B. Diese Nährstoffe kommen bei Vegetariern manchmal zu kurz.
- Chronisch Kranke sollten vor der Ernährungsumstellung unbedingt mit ihrem Arzt sprechen.

- Auch Kinder können gut ohne Fleisch auskommen. Allerdings ist es wichtig, dass sie eine ausgewogene Vollwertkost bekommen, da sie mehr Nährstoffe brauchen als Erwachsene. Eltern sollten deshalb bei der Zusammenstellung des Speiseplans auf eine gute Versorgung mit Eisen, Eiweiß, Kalzium, Vitamin D und Vitamin B 12 achten.
- Eisen kommt zum Beispiel in Vollkornbrot und in grünem Gemüse wie Brokkoli oder Grünkohl vor. Da der Körper Eisen in pflanzlicher Form nicht so leicht aufnehmen kann wie aus Fleisch, empfiehlt die Deutsche Gesellschaft für Ernährung (DGE) gleichzeitig Vitamin C aufzunehmen. Wenn Kinder beispielsweise zum Essen einen Fruchtsaft trinken, fördert das die Eisenaufnahme erheblich.
- Den Eiweißbedarf decken Gemüse, Vollkornbrot, Getreide, Hülsenfrüchte, Nüsse, Milch, Käse oder Jogurt. Kalzium, Vitamin D und Vitamin B12 sind vor allem in Milch und Milchprodukten vorhanden.
- Von einer vegetarischen Ernährung ganz ohne tierisches Eiweiß, also auch ohne Milch und Eier, raten Ernährungsexperten allerdings ab.

Ist Ihre Kost wirklich vegetarisch?

Längst nicht alles, was vegetarisch anmutet, ist es auch. So kann die Frühlingssuppe aus der Tüte Hühnereiweiß enthalten, der Rotkohl aus dem Glas Schweineschmalz. Wer künftig aber nach einem Produkt mit dem „V-Label" des Lizenzvertriebes Vegis greift, kann sicher sein, dass es keine Zutaten wie Fleisch, Gelatine, Knochen oder Fett enthält, die aus getöteten Tieren gewonnen werden. Eier, Milch oder Milchprodukte sind erlaubt, sollten aber von Tieren stammen, die artgerecht gehalten werden. Enthält ein Produkt keine Eier oder Milchprodukte, ergänzt das Wort „vegan" das Label.

Augen auf im Supermarkt – praktische Tipps für Ihren Einkauf

Der folgende Leitfaden führt Sie durch Ihren täglichen Einkauf. Er zeigt Ihnen, wie Sie sich gesund und gesundheitsbewusst ernähren können und Schadstoffe weit gehend vermeiden können. Sie erfahren, wie Sie Fehlkäufe vermeiden und qualitativ hochwertige Lebensmittel rasch erkennen.

Milch und Milchprodukte

- Bevorzugen Sie fettarme Produkte. Vollmilch enthält 3,5 Prozent Fett, fettarme Milch 1,5 bis 1,8 Prozent, Magermilch weniger als 0,3 Prozent. Die fettarmen Produkte entsprechen den fettreicheren hinsichtlich Eiweiß, Zucker, Mineralien und Spurenelementen. Sie enthalten lediglich weniger an den fettlöslichen Vitaminen A und D. Sofern diese Vitamine durch andere Lebensmittel ausreichend zugeführt werden, sind fettarme Milch und Milchprodukte ideale kalorienarme und gesunde Nahrungsmittel.
- Sauerprodukte (Jogurt, Kefir, Dickmilch) sind durch bestimmte Bakterien dick gelegte Milchprodukte. Achten Sie darauf, dass sie einen möglichst hohen Gehalt an rechtsdrehender [L(+)] Milchsäure enthalten, die für den Organismus günstiger ist. Auch hier fettarme Produkte bevorzugen. Wechseln Sie ab und vertrauen Sie nicht einem einzigen Bakterienstamm, auch wenn er noch so beworben wird. Nehmen Sie möglichst viele verschiedene Milchsäurebakterien zu sich: das reicht von Jogurt über Buttermilch bis hin zu milchsauer eingelegten Gemüsen.
- Sahne und Butter sind Milchprodukte mit sehr hohen Fettgehalten. Sie sollten nur sparsam verzehrt werden. Sahne enthält verglichen mit Voll-

milch bis zu 30 Prozent weniger Mineralien, Spurenelemente und wasserlösliche Vitamine. Dafür sind die fettlöslichen Vitamine auf etwa das Zehnfache angereichert.

- Buttermilch und Molke sind wertvolle und kalorienarme Milchprodukte und ein idealer Snack für zwischendurch.
- Damit das Kalzium der Milch optimal in den Körper aufgenommen wird, ist Vitamin D (z. B. aus Fisch und Eiern) nötig. Die beste Vitamin D-Quelle ist ein täglicher Spaziergang im (Sonnen-)Licht.
- Milchimitate sind Produkte, bei denen Milchfett und/oder Milcheiweiß ganz oder teilweise durch anderes Fett und Eiweiß ersetzt sind (z. B. Kaffeeweißer, Dessertschäume). Als Ersatz für das wertvolle Milchfett dienen vorwiegend billigere pflanzliche Rohstoffe (z. B. Sonnenblumen- oder Palmkernöl).
  Zusätzlich enthalten sind noch jede Menge an „Schönungsmitteln" wie Stabilisatoren, Emulgatoren, Konservierungs- und Farbstoffe, also ein wahrer Fremdstoffcocktail. Derartige Produkte sind keine Alternative zu Milchprodukten, sondern eine eigene Produktkategorie, meist kalorienreich und in ihrer Zusammensetzung oft undurchschaubar (vgl. Seite 41 ff.).
- Milchsubstitutionsprodukte oder Milchersatzprodukte sind Erzeugnisse, die aus anderen Stoffen als Milch bestehen (meist Soja) und entweder als Produkte aus anderen Kulturkreisen auf dem hiesigen Markt eingeführt wurden oder in Reformhäusern für Verbraucher mit besonderen Kostanforderungen (Allergiker!) angeboten werden. Beispiele hierfür sind Tofu, Sojadrinks, Sojajogurts, Sojafleisch, Sojadesserts etc. Sie gelten nicht als Imitate, sind meist ausreichend deutlich gekennzeichnet und werden nur in speziellen Läden verkauft.
- Vorsicht bei Rohmilch und daraus hergestellten Produkten. Kaufen Sie diese nur in Läden Ihres absoluten Vertrauens. Rohmilch kann Krankheitserreger enthalten, die in pasteurisierter Milch abgetötet sind.
- H-Milch ist ultrahocherhitzte Milch und kann ungeöffnet bis zu acht Wochen bei Zimmertemperatur gelagert werden. Nach dem Öffnen muss sie gekühlt werden und in zwei bis drei Tagen verbraucht werden. Verdorbene H-Milch ist sofort wegzuschütten, sie kann gefährliche Keime enthalten.

Achtung Kalorienfalle: Fruchtjogurt und Kinderprodukte

Regelrechte Kalorienbomben sind Jogurtsorten mit Fruchtzubereitungen und Milchmischerzeugnisse. So kann ein handelsüblicher Fruchtjogurt bis zu 24 g Zucker pro Portionsbecher enthalten. Das entspricht der Menge von rund acht (8!) Stück Würfelzucker. Gesünder und kalorienärmer ist ein Naturjogurt mit frischen Früchten.

Vorsicht bei Milchmischerzeugnissen, die oftmals unter recht exotischen Phantasiebezeichnungen im Handel sind und nicht selten speziell für Kinder (!) bestimmt sind. Sie enthalten überwiegend zu viel Zucker und Fett und sind dadurch ungebunden. Lesen Sie sorgfältig die Packungsangaben und vergleichen Sie sie mit denen von Naturjogurt. Sie werden dann Ihren Kindern wohl kaum mehr ein solches Produkt kaufen wollen.

Käse

Der Fettgehalt eines Käses entscheidet über Geschmack und Kaloriengehalt eines Käses. Je mehr Fett ein Käse enthält, desto besser schmeckt er, desto höher ist aber auch sein Nährwert. Nach der Käseverordnung wird der Fettgehalt auf der Basis der Trockenmasse (= Käse ohne Wasser) berechnet (= Fett i. Tr.) Diese Berechnung ermöglicht einen objektiven Vergleich der einzelnen Käsesorten. Der absolute Fettgehalt ist nämlich leicht manipulierbar.

Man unterscheidet folgende Fettgehaltsstufen in Prozent Fett in der Trockenmasse:

- Doppelrahmstufe 60-85
- Rahmstufe 50-59
- Vollfettstufe 45-49,5
- Fettstufe 40-44,9
- Dreiviertelfettstufe 30-39,9

- Halbfettstufe 20-29,9
- Viertelfettstufe 10-19,9
- Magerstufe 0- 9,9

Grob geschätzt beträgt der absolute Fettanteil im Allgemeinen etwa die Hälfte des angegebenen Fettgehalts in der Trockenmasse. Lassen Sie sich hier nicht durch geschickte Werbung irreführen! Steht z. B. auf der Verpackung eines Edamers 15 Prozent Fett absolut, so entspricht das einem Fettgehalt i.Tr. von 30 Prozent und damit einer Dreiviertelfettstufe. Für eine kalorienbewusste Ernährung sollten Käsesorten aus den Kategorien Mager-, Viertelfett- und Halbfettstufe bevorzugt werden. Am kalorienärmsten (und preiswertesten) ist Sauermilchkäse.

Bei der Reifung entstehen in manchen Käsesorten biogene Amine, spezielle Eiweißabbauprodukte, die blutdrucksteigernd bzw. allergieauslösend wirken können. Bedenklich ist dies nur für Menschen, die Blutdrucksenker einnehmen oder für Allergiker. Typische Käsesorten hierfür sind Camembert, Brie, Emmentaler, Cheddar und Roquefort.

Kaufen Sie bevorzugt Käse ohne Plastikfolien. Es werden immer wieder Bedenken gegen in den Käse übertretende Kunststoffbestandteile (Polyvinylchlorid) geäußert.

Besondere Vorsicht ist beim Käsekauf geboten, insbesondere wenn es sich um Spezialitäten handelt. So haben Untersuchungen des Tierhygienischen Instituts Freiburg ergeben, dass etwa bei einem Drittel aller Schafskäseproben die Tierart nicht stimmte und sie aus Kuhmilch statt Schafsmilch hergestellt waren. Da Schafsmilch teurer ist als Kuhmilch, wird mit einem – nicht zulässigen – Trick gearbeitet: Kuhmilch wird mit grünem Blattfarbstoff (Chlorophyll) behandelt und dadurch farblich den weißen Produkten aus Schafsmilch angepasst. Den Rest besorgen ein paar Geschmacksstoffe. Solche Verstöße gegen die Käseverordnung und gegen bestimmte Paragrafen des Lebensmittel- und Bedarfsgegenständegesetz werden zwar mit Geldbußen bestraft, kommen aber leider immer wieder vor. Sie erklären auch, weshalb trotz eines medizinischen Ausschlusses einer Allergie gegen Schafsmilch ein entsprechendes Produkt nicht vertragen werden kann. Kaufen Sie daher Käse nur in seriösen Fachgeschäften und von namhaften Firmen.

Viele Konsumenten setzen Fetakäse mit Schafskäse gleich. Das ist nur bedingt richtig. Die Bezeichnung Feta ist nur in den Ursprungsländern (Mittelmeerländer) ausschließlich dem aus Schafsmilch hergestellten Käse vorbehalten. In Deutschland dürfen unter der Bezeichnung Fetakäse sowohl Produkte aus Kuhmilch als auch aus Schafsmilch verkauft werden. Die Packungsbezeichnung gibt hierüber Auskunft.

Hühnereier und Eiprodukte

- Das Eiweiß des Eies ergänzt sich bei der biologischen Wertigkeit am besten in Kombination mit dem Eiweiß aus Kartoffeln, Milch oder Milchprodukten.
- Wer auf den Cholesterinspiegel achten muss, sollte auch auf versteckte Eier in Teig- und Backwaren, Süßspeisen, Fertigsoßen, Diätprodukten u. Ä. achten.
- Wegen des Risikos einer Salmonelleninfektion sollten Eier immer gut durchgekocht werden (mindestens vier Minuten). Vergewissern Sie sich bei Speisen aus rohen Eiern (z. B. Tiramisu), dass sie aus pasteurisierten und damit salmonellenfreien Fertigprodukten hergestellt sind. Dies trifft auf die handelsüblichen portionsverpackten Fertigprodukte immer zu. Eine Gefahr besteht in privaten Haushalten und in manchen Restaurants.
- Ein frisches Ei gibt beim Schütteln kein Geräusch von sich, geht in Wasser unter und besitzt ein zähes Eiklar.
- Sollten Sie keinen Hinweis auf die Haltung der Hühner finden, bedeutet dies, dass sie in einer Legebatterie leben. Ein Huhn hat dort etwa die Fläche eines DIN-A4-Blattes zur Verfügung. Diese Haltung ermöglicht einen niedrigen Eierpreis.
- Bodenhaltung bedeutet, dass die Hühner im Stall leben, aber ohne Käfige und nicht auf so engem Raum wie in einer Legebatterie. Freilandhaltung bedeutet, dass die Hühner einen Stall und die Möglichkeit zum Auslauf ins Freie haben. Entsprechende Eier sind teurer. Ernährungsexperten empfehlen, Eier aus Freilandhaltung bevorzugt zu kaufen. In handelsüblichen Eiern aus Legebattereien werden immer wieder Rück-

stände von Antibiotika gefunden, die den infektionsanfälligen Käfighennen vorbeugend verabreicht werden.

- Das Futter färbt den Dotter. Dunkle Dotter sind nicht gesünder und schmecken auch nicht anders als helle. Sie sind manchmal bewusst durch natürliche Farbstoffe über das Futter gefärbt, um so Eier aus Freilandhaltung vorzutäuschen. Leider verbietet das Lebensmittelgesetzt solche Machenschaften nicht.
- Bei Fischmehlfütterung können die Eier nach Fisch schmecken.
- Auch die Farbe der Eischale sagt nichts über die Qualität aus. Sie ist je nach Hühnerrasse verschieden.

Kennzeichnung von Eiern

Für deutsche Eier gibt es ein einheitliches Kennzeichnungssystem: Wenn das Ei in Deutschland von einer in Deutschland geborenen Henne gelegt wurde, trägt die Verpackung das Kennzeichen D/D/D. Daneben findet sich eine sechstellige Nummer: Aus ihr geht der Betrieb hervor. Die vierte Ziffer steht für die Haltungsform:
1: Freiland
2: Auslaufhaltung
3: Bodenhaltung
4: Volièren
5: Legebatterien

Die Handelsklasse gibt Auskunft über das Gewicht:
S: weniger als 53 g
M: 53 bis 63 g
L: 63-73 g
XL: mehr als 73 g

Kalorienbombe Eierlikör

Eierlikör besteht nur aus Eigelb, Zucker, Alkohol und gegebenenfalls Aromastoffen. Er ist damit ausgesprochen kalorienreich, ebenso damit veredelte Produkte wie Eis, Süßspeisen, Pralinen, Ostereier etc.

Fette, Öle und Margarine

- Während die Fettzufuhr in Form von Pflanzenölen und Fisch gut kontrollierbar ist, treiben oft die versteckten Fette die Kalorienbilanz in die Höhe. Sie stecken in Fleisch- und Wurstwaren, Gebäck, Süßigkeiten, Knabbererzeugnissen, Feinkostsalaten etc. Solche Produkte bewusst und sparsam essen.
- Kaufen Sie Margarine nur aus schonender Herstellung (nicht gehärtet, nicht umgeestert) und aus pflanzlichen Zutaten.
- Kaufen Sie nur kaltgepresste Öle, die Sie kühl lagern und rasch verbrauchen.
- Fette sind Lieferanten wichtiger Biostoffe für den Körper. Ein völliger Verzicht auf Fett schadet der Gesundheit.
- Fette enthalten sehr viel Energie. Ihr Anteil an den täglichen Gesamtkalorien sollte daher 30 Prozent nicht überschreiten.
- Der Bedarf an Fett sollte überwiegend aus Pflanzen- und Fischfett gedeckt werden. Tierische Fette sollten sparsam verzehrt werden.
- Statt in der Pfanne kann Fleisch, Fisch und Gemüse auch fettsparend unter dem Grill gegart werden.
- Achten Sie bei tierischen Lebensmitteln immer auf den Fettgehalt. Der Unterschied zwischen fettarmen und fettreichen Produkten ist hier – vor allem bei verarbeiteten Produkten – nicht immer gleich auf ersten Blick erkennbar.
- Süßrahmbutter stammt aus frischem Rahm, schmeckt eher süßlich und bleibt beim Erhitzen am stabilsten. Bei Sauerrahmbutter sorgen Milchsäurebakterien für den typischen süßlichen Geschmack. Sie eignet sich für Brotaufstriche. Teebutter oder Tafelbutter ist Butter erster Qualität.

Fleisch, Fleischerzeugnisse und Fleischdelikatessen

Kaufen Sie fettarme Fleischstücke (Schnitzel, Lende, Filet). So enthalten beim Schweinefleisch die mageren Anteile nur vier Prozent Fett, die fetten dagegen 46 Prozent. Das Fleisch junger Kälber ist fast fettfrei.

- Fleischfeinkosterzeugnisse sind durch fetthaltige Soßen und Tunken oft recht kalorienreich. Packungsangaben genau lesen!
- Für eine mögliche Übertragung von BSE auf den Menschen gefährliche Rindfleischprodukte sind Hirn- und Nervengewebe, Innereien, Bries und stark mit Nervengewebe durchsetzte Fleischstücke sowie daraus hergestellte Produkte wie z. B. Lungenwurst, Kümmelwurst, Hirnwurst, Briespastete, Markklöschen etc.

Wie viel Fett enthält die Wurst?

- **In kaum einem Lebensmittel lässt sich Fett so gut verstecken wie in der Wurst. Der Fettgehalt ist für den Verbraucher äußerlich kaum erkennbar. Den höchsten Fettgehalt haben in der Regel Dauer- und Schmierwürste.**
- **Es gibt ferner keine Kennzeichnungspflicht für den Fettgehalt einer Wurst. Aufgrund einer freiwilligen Vereinbarung tragen abgepackte Wurstwaren eine Angabe der Fettgehaltsstufe. Auch in Metzgereien informieren oft Tafeln über den Fettgehalt der angebotenen Wurstsorten.**

Wild und Geflügel

- Wildfleisch enthält nur halb so viel Kalorien wie entsprechende Fleischstücke von Rind und Schwein. Bisher wurde in Wild noch kein BSE nachgewiesen.
- Auch Geflügelfleisch eignet sich ideal für eine kalorienarme Ernährung. Sehr kalorienarm ist das Brustfleisch. Am fettärmsten ist das Fleisch von Truthahn, Ente und Fasan.
- Wer auf Wurst nicht verzichten möchte, sollte Geflügelwürste wählen.
- Achten Sie bei Geflügelfeinkosterzeugnissen auf versteckte Fette in Form von anderen Tierfetten oder fetthaltigen Soßen.

Fisch, Fischerzeugnisse und Fischdelikatessen

- Fisch – selbst fettreiche Arten – ist ein kalorienarmes und gesundes Nahrungsmittel und sollte öfter gegessen werden. Achten Sie aber darauf, dass Sie bei der Zubereitung keine Kalorienbombe daraus machen, z. B. durch Braten in viel Fett, Panieren, Servieren mit fettreichen Soßen etc. Günstig sind das Garen im eigenen Sud und das Grillen in der Folie.
- Fischerzeugnisse sind durch stark fetthaltige Tunken und Cremes, Mayonnaisen und Remouladen sowie durch Aufgussöle oft sehr kalorienreich.
- Hüten Sie sich vor verdorbenem oder auch nur zu lange gelagertem Fisch (z. B. vor Makrelen und rotem Thunfisch!), insbesondere wenn Sie Allergiker oder Hypertoniker sind. In solchen Produkten bilden sich erhöhte Gehalte an Histamin. Beachten Sie hierbei, dass die Haltbarkeitsdaten meist sehr großzügig angegeben sind. Bei einer verbleibenden Haltbarkeitsdauer von weniger als 14 Tagen kann man nicht mehr mit bester Qualität rechnen. Vorsicht auch bei Tiefkühlprodukten mit starker Eiskristallschicht, bräunlicher Verfärbung und Frostbrand. Sie sind verdorben.
- Verwechseln Sie nicht Fischöl mit Dorschleberöl. Während Fischöl reichlich Omega-3-Fettsäuren enthält, enthält Dorschleberöl nur wenig davon, dafür aber sehr reichlich die Vitamine A und D (Überdosierung möglich).
- Die Lachsforelle ist kein Lachs, sondern eine Regenbogenforelle, die durch carotinhaltiges Futter ein rosa Fleisch erhalten hat.
- Fisch enthält große Mengen der herzfreundlichen, das Immunsystem modulierenden Omega-3-Fettsäuren und sollte regelmäßig auf dem Speiseplan stehen.
- Fisch ist iodreich. Bei Fischverzicht kann daher leicht ein Iodmangel entstehen. Es empfiehlt sich gegebenenfalls eine Iodzufuhr in Form von Tabletten unter ärztlicher Kontrolle.

So erkennen Sie frischen Fisch

Anhand der folgenden Kriterien können Sie einen frischen Fisch erkennen:

- **Augen: prall gefüllt, Hornhaut durchsichtig, Pupillen glänzend;**
- **Haut: kräftige glänzende Farbe, Schleim klar;**
- **Fleisch: bläulich durchscheinend, fest und elastisch, Schnittfläche glatt;**
- **Geruch: unauffällig, nach Seetang;**
- **Fisch, der typisch nach Fisch und Ammoniak riecht, ist verdorben.**

Krusten-, Schal- und Weichtiere

- Krusten-, Schalen- und Weichtiere sind eine schmackhafte Bereicherung des Speiseplans. Achten Sie darauf, dass Sie nicht durch schwere Beilagen den Kaloriengehalt erhöhen.
- Diese Tiere werden oft zu fertigen Delikatessprodukten verarbeitet, z. B. zu Feinkostsalaten, eingelegten Produkten, Konserven etc. Solche Spezialitäten sind meist durch fetthaltige Soßen und Tunken recht kalorienreich und stark konserviert. Achten Sie unbedingt auf die Angaben auf der Packung. Insbesondere durch Schwankungen des Fettgehalts der verwendeten Rohstoffe und der Rezepturen unterscheiden sich gleiche Erzeugnisse deutlich im Energiewert.

Getreide und Getreideprodukte

- Getreideerzeugnisse sollten verstärkt auf dem Speiseplan stehen. Wählen Sie dabei möglichst wenig veredelte Produkte wie Brot aller Art, einfaches Gebäck, Flocken ohne weitere Zusätze etc. Diese Produkte sättigen rasch und anhaltend und sind am kalorienärmsten.
- Müsliriegel enthalten zur Hälfte Getreide, Samen und Trockenfrüchte. Der Rest besteht aus einem Bindemittel, meist eine Mischung aus

Zuckerarten und Fett. Zuckerhaltige Füllungen oder Überzüge erhöhen den Kaloriengehalt noch weiter, sodass es sich hierbei nicht gerade um ein gesundes Produkt handelt.

- Gebäck und Kuchen enthalten meist überaus kalorienreiche Zutaten: Mandeln, Nüsse, Mohn, Kokosraspel, Sahne- und Buttercremefüllungen, Schokolade etc. Wer abnehmen möchte, sollte darauf völlig verzichten.
- Achten Sie ansonsten bei Gebäck auf versteckte Fette und bevorzugen Sie leichtes Hefegebäck, Obstkuchen, Biskuitgebäck oder Honigkuchen. Praktisch zuckerfrei sind Laugengebäck (Brezen), Gebäck aus Brandmasse (z. B. Windbeutel ohne süße Füllung und Glasur).

VERSTECKTE FETTE IN TOASTBROT, KNUSPERBROT, CROISSANT, BAGUETTE

- **Toastbrot ist ein zum Rösten bestimmtes Spezialbrot, das mit den mürbemachenden und bräunungsfördernden Zutaten Fett, Milch und Zucker versetzt ist. Fett- und Zuckerzusätze dürfen bis zu 10 Prozent betragen. Damit ist Toastbrot erheblich kalorienreicher als normale Brotsorten, denen weder Zucker noch Fett zugesetzt wird.**
- **Knusperbrot ist ein Flachbrot mit schaumig-lockerer Struktur, dessen Energiegehalt durch Zusatz von Magermilchpulver, Zucker, Salz, Fett und Emulgatoren ebenfalls erhöht ist.**
- **Croissants sind ein halbmondförmiges Blätterteiggebäck, das erhebliche Mengen an Zucker und Fett (Margarine) enthält und damit überaus kalorienreich ist.**
- **Baguette, das außerhalb von Frankreich hergestellt wird, enthält zwecks Verlängerung der Frische oft Zusätze von Fett und/oder Milchpulver und ist dadurch ebenfalls kalorienreicher als andere Brotsorten.**

Gemüse und Gemüseprodukte, Hülsenfrüchte

Essen Sie täglich reichlich Gemüse. Es ist nicht möglich, durch zu viel Gemüse dick zu werden. Im Gegenteil: Gemüse wirkt magenfüllend und stoppt dadurch allzu großen Appetit.

- Bevorzugen Sie Grobgemüse wie Bohnen, Kohl, Kohlrabi, Rettich, Karotten, Sellerie, Fenchel (ungekocht, sofern vertragen) gegenüber Feingemüse wie Blumenkohl, Lauch, Blattsalat, Spargel. Die grobe Textur wird nur langsam verdaut und sorgt dadurch für ein lange anhaltendes Sättigungsgefühl.
- Kaufen Sie frisches Gemüse, am besten aus ökologischem Anbau. Es ist am Wertvollsten und schmeckt daher auch am besten. An nächster Stelle steht Tiefkühlkost. Orientieren Sie sich am heimischen Angebot – den saisonalen Früchten – und Ihrem Appetit, dann können Sie kaum etwas falsch machen.
- Hülsenfrüchte sind zwar kalorienreich, sollten dennoch regelmäßig verzehrt werden. Durch ihren hohen Ballaststoffgehalt schenken sie eine lange anhaltende Sättigung.
- Da Pilze eine Tendenz zur Anreicherung von Schadstoffen haben, sollten Wildpilze nicht zu häufig gegessen werden. Bevorzugen Sie Zuchtpilze wie Champignons oder Austernpilze.
- Verwenden Sie beim Auftauen von Tiefkühlkost den ausgetretenen Saft. Hierin stecken wertvolle Mineralien und Spurenelemente.

Obst und Obstwaren

- Der mäßige, aber regelmäßige Verzehr von Obst besitzt eine ausgesprochen verdauungsfördernde Wirkung und unterstützt dadurch Gesundheit und Wohlbefinden.
- Auch wenn Obst einen hohen Wassergehalt hat, ist sein Energieinhalt nicht zu vernachlässigen. Der Brennwert mancher Obstarten (z. B. Apfel, Birne, Ananas) unterscheidet sich z. B. nicht wesentlich von dem einer Kartoffel.
  Im Obst liegen die Kohlenhydrate überwiegend in leicht verwertbarer Form vor, die direkt ins Blut gelangt. Dadurch steigt der Blutzuckerspiegel rasch an, sinkt aber genau so schnell wieder ab, sodass sich schnell wieder ein Hungergefühl einstellt.
- Sehr kalorienreich sind auch viele exotische Früchte wie Akipflaume, Durianfrucht, Kaktusfeige oder Sharonfrucht.

- Essen Sie Obst nicht zusätzlich, sondern anstelle anderer Speisen, z. B. statt Suppe oder Nachtisch.
- Kaufen Sie bevorzugt frisches Obst entsprechend der Saison, am besten aus ökologischem Anbau. Achten Sie bei Tiefkühlkost und Obstkonserven auf mögliche Zuckerzusätze.

Nüsse und Samen

- Nüsse sind ausgesprochen kalorienreich. Sie sollten daher niemals zusätzlich gegessen werden, sondern immer statt anderer Nahrungsmittel. Bedenken Sie, dass eine gute Hand voll Nüsse bereits den Kaloriengehalt einer kompletten Mahlzeit hat.
- Nüsse in Kombination mit Obst sind besonders hochwertig und eignen sich als vollwertige Mahlzeit, wenn es schnell gehen soll, z. B. beim Wandern, Sport, Berufsalltag etc.
- Achten Sie auf versteckte Nüsse, z. B. in Süßspeisen, Backwaren, Eis, Jogurt, Müslimischungen, Knabberartikeln, Marzipan, Emulsionslikören etc. Solche Produkte sind immer besonders kalorienreich.
- Nüsse, die geröstet oder gesalzen angeboten werden, sind oft auch chemisch behandelt und mit zusätzlichem Fett versetzt. Daher auf solche Produkte verzichten.
- In verschimmelten Nüssen bilden sich stark Krebs erregende Aflatoxine. Sie müssen sofort weggeworfen werden. Aus solchen Nüssen hergestellte Produkte sind dann ebenfalls belastet. Daher ist es am besten, frische Ware guter Qualität zu kaufen. Am stärksten belastet sind Erdnüsse und Paranüsse.

Honig, Zucker, Süßwaren

- Zucker ist das am weitesten verbreitete Süßungsmittel. Sein Konsum ist aufgrund seines Kalorienreichtums und der fehlenden Vitamine und Mineralien ungesund und fördert Karies (Vorsicht ist gerade bei Kindernahrung geboten!).

- Sehr beliebt sind so genannte gesunde Zuckerprodukte wie Fruchtdicksaft, Ahornsirup (aus dem süßen Saft des kanadischen Ahornbaumes), Melasse (Rückstand aus der Zuckergewinnung mit 60 Prozent Zucker) oder Ursüße (zuckerhaltiges Zwischenprodukt der normalen Zuckergewinnung). All diese Produkte enthalten letztlich nichts weiter als Zucker – allerdings zu einem viel höheren Preis.
- Honig besteht zu 81 Prozent aus Kohlenhydraten und zu 18 Prozent aus Wasser. Der Rest entfällt vornehmlich auf Mineralstoffe. Ernährungsphysiologen erkennen in Honig keinen ausgeprägten Vorzug gegenüber vergleichbaren Zuckergemischen. Honig hat einen Zucker vergleichbaren Brennwert und wirkt kariesfördernd. Eine Zuckereinsparung ergibt sich allenfalls dadurch, dass man Honig wegen seines Eigenaromas sparsamer dosiert.
- Schränken Sie generell den Konsum von Zucker ein.
- Achten Sie auf versteckten Zucker in Limonaden, Fruchtsaftgetränken, Colagetränken, Milchmischgetränken, Tomatenketchup, Likören, Brotaufstrichen, Fruchtmus, Fertigdessertsoßen, Speiseeis, Süßigkeiten aller Art etc., und meiden Sie solche Produkte.
- Achten Sie bei Fertigprodukten auf die Deklaration. Hinter Bezeichnungen wie Stärkesirup, Zuckercouleur, Glukosesirup, Dextrose, Glukose, Fruktose verbirgt sich ebenfalls reiner Zucker.
- Süßigkeiten und Schokolade sind Kalorienbomben, die nicht zu einer gesunden Ernährung passen. Wer sie sich nur sparsam wie ein Genussmittel gönnt, muss jedoch keine ernsthaften Folgen befürchten.
- Schokolade eignet sich jedoch als kompakte Kraftnahrung für Sondersituationen, z. B. Expeditionen ins Gebirge, Skitouren Mountainbiketouren etc. Sie enthält nämlich praktisch alle lebensnotwendigen Nährstoffe und führt zu einer schnell einsetzenden und lange anhaltenden Sättigung: Als Energielieferant steht der darin enthaltene Zucker praktisch sofort und danach langfristig das Fett zur Verfügung. Überdies enthält Schokolade bemerkenswert wenig Zusatzstoffe und ist auch bei kühlen Temperaturen verzehrsfähig.

ZUCKERAUSTAUSCHSTOFFE

Häufig wird Zucker durch so genannte Zuckeraustauschstoffe wie Fructose, Sorbit, Maltit, Mannit, Xylit oder Isomalt ersetzt. Diese Substanzen haben den Vorteil, dass sie nicht kariogen sind und insulinsparend abgebaut werden, es also nicht zu Hungergefühlen kommt. Sie haben aber (bis auf Maltit und Isomalt) den gleichen Kaloriengehalt wie reiner Zucker, sind also zum Kaloriensparen nicht geeignet.

Getränke mit und ohne Alkohol

- Am gesündesten sind alkohol- und zuckerfreie Getränke. Sie sollten den Hauptteil der täglichen Flüssigkeitszufuhr ausmachen.
- Bier ist durch seinen Gehalt an Alkohol und Kohlenhydraten sehr kalorienreich. Fünf Flaschen decken den Tagesbedarf eines Erwachsenen. Die wenigsten Kalorien enthalten Einfach- und Schankbiere, die meisten dagegen Starkbiere. Auch Diätbier (hoher Alkoholgehalt, wenig Kohlenhydrate) ist sehr kalorienreich. Ferner fördert Bier durch seinen Gehalt an östrogenen Substanzen aus dem Hopfen vor allem bei Männern den Fettansatz an Bauch und Brust.
- Ein Liter Wein deckt den Tagesbedarf an Kalorien. Liebliche Weine und Süßweine sind durch einen hohen Restzuckergehalt besonders kalorienreich.
- Branntweine, Liköre und alkoholhaltige Mischgetränke (z. B. Cocktails, Longdrinks, Punsch oder Mixgetränke) sind immer reich an Zucker und Alkohol und sollten nur selten genossen werden.
- Land- und Tafelweine sind die einfachste Qualität, bei Qualitäts- und Kabinettwein gelten strengere Anforderungen an Zuckergehalt, Alkohol und Säure. Die hochwertigsten Weine sind Prädikatsweine.
- Ungesüßte und unverdünnte trinkfertige Fruchtsäfte selbst mit der Bezeichnung ohne Zuckerzusatz enthalten oft beachtliche Mengen an Zucker aus dem Obst. Lediglich eine Korrekturzuckerung unterblieb.

Fruchtanteile in Säften

- Limonade 0 %
- Fruchtsaftgetränk 10-30 %
- Nektar 25-50 %
- Fruchtsaft 100 %

Zuckerfalle Fruchtsaftgetränke

Besonders kalorienreich und daher zu meiden sind:

- **Fruchtnektar,**
- **Fruchtsaftgetränk,**
- **Limonaden,**
- **Brausen.**

Mit einem Zuckergehalt von acht bis elf Prozent und einer großen Verzehrsmenge können solche Getränke die Kalorienbilanz beträchtlich nach oben treiben. Meist enthalten solche Getränke noch eine Reihe von Zusatzstoffen wie Farb-, Geschmacks- und Aromastoffe.

Anhang

Bio-Gütesiegel

Die folgende Tabelle gibt eine Übersicht über die derzeitigen Gütesiegel für verschiedene pflanzliche und tierische Lebensmittel sowie deren Bewertung durch das Ökotest-Institut Freiburg. Serviceadressen für persönliche Nachfragen sind ebenfalls angegeben. Wo möglich, finden Sie auch das entsprechende Logo

Biopark

Infos: Das Zeichen garantiert echte Bio-Lebensmittel

Verantwortlich: Biopark
Karl-Liebknecht-Str. 26
19395 Karow
Tel.: 038738/70309
Fax: 038738/70024
Online: www.biopark.de

Bewertung: Empfehlenswert

Demeter

Infos: Das Zeichen garantiert echte Bio-Lebensmittel

Verantwortlich: Demeter
Brandschneise 1a
64295 Darmstadt
Tel.: 06155/84690
Fax: 06155/846911
Online: www.demeter.de

Bewertung: Empfehlenswert

Ecoland

Infos: Das Zeichen garantiert echte Bio-Lebensmittel
Verantwortlich: Ecoland
Haller Str. 20
74549 Wolpertshausen
Tel.: 07904/9797-0
Fax: 07904/9797-29
Online: www.besh.de
Bewertung: Empfehlenswert

EKO

Infos: Das Zeichen garantiert echte Bio-Lebensmittel
Verantwortlich: Skal
Stationsplein 5, Postbus 384
8000 AJ Zwolle
Tel.: 0031/38/4268181
Fax: 0031/38/4213063
Online: www.skal.com
Bewertung: Empfehlenswert

EU-Label Biologische Landwirtschaft/ Ökologischer Landbau

Infos: Das EU-Label garantiert echte Bio-Produkte, die nach den Richtlinien des ökologischen Landbaus hergestellt wurden; diese sind in einigen Punkten allerdings nicht ganz so streng wie die deutschen Vorschriften. So darf ein Landwirt das EU-Label auch dann verwenden, wenn er nicht seinen gesamten Betrieb auf ökologischen Landbau umgestellt hat. Verboten ist der Einsatz von gentechnisch veränderten Pflanzen oder Tieren.
Verantwortlich: Europäische Kommission

Bewertung: Empfehlenswert

FAIRKAUF

Anwendung:
Verschiedene pflanzliche und tierische Lebensmittel der Firma „Nur Natur“
Infos:
Das firmeneigene Gütesiegel garantiert echte Bio-Lebensmittel, die fair gehandelte Produkte sind
Verantwortlich:
Nur Natur
Mooseurach
82549 Königsdorf
Tel.: 01805/256246
Fax: 08179/8211
Online: www.nurnatur.de
Bewertung: Empfehlenswert

FÜLLHORN

Infos: Das Zeichen garantiert echte Bio-Lebensmittel
Verantwortlich: Rewe
Dornstr. 20
50668 Köln
Tel.: 0221/149-5260
Fax: 0221/138898
Online: www.rewe.de
Bewertung: Empfehlenswert

GÄA

Infos: Das Zeichen garantiert echte Bio-Lebensmittel
Verantwortlich: Gäa
Am Beutlerpark 2
01217 Dresden
Tel.: 0351/4012389
Fax: 0351/4015519
Online: www.gaea.de
Bewertung: Empfehlenswert

Hand in Hand

Anwendung: Verschiedene pflanzliche und tierische Lebensmittel der Firma „Rapunzel Naturkost“

Infos: Das firmeneigene Gütesiegel garantiert echte Bio-Lebensmittel, die fair gehandelte Produkte werden

Verantwortlich: Rapunzel
Haldergasse 9
87764 Legau
Tel.: 06330/9100
Fax: 06330/9100188
Online: www.rapunzel.de

Bewertung: Empfehlenswert

N – Natur Kost und Waren

Infos: Das Zeichen garantiert, dass in dem Naturkostladen echte Bio-Produkte erhältlich sind, die die Produkt- und Sortimentsrichtlinien des Bundesverbandes Naturkost Naturwaren erfüllen.

Verantwortlich: Bundesverband Naturkost Naturwaren (BNN)
Robert-Bosch-Str. 6,
50354 Hürth
Online: www.n-bnn.de

Bewertung: Empfehlenswert

Naturkind

Infos: Das Zeichen garantiert echte Bio-Lebensmittel

Verantwortlich: Tengelmann
Wissollstr. 5-43
45478 Mülheim
Tel.: 0208/58060
Fax: 0208/5806-401

Bewertung: Empfehlenswert

Naturkost

Infos: Das Zeichen garantiert echte Bio-Lebensmittel
Verantwortlich: Bundesverband Produzenten ökologischer Produkte e.V. (POEP)
Online: www.oeko-hersteller.de
Bewertung: Empfehlenswert

Naturland

Infos: Das Zeichen garantiert echte Bio-Lebensmittel
Verantwortlich: Naturland
Kleinhaderner Weg 1
83166 Gräfelfing
Tel.: 089/898082-0
Fax: 089/8980829
Online: www.Naturland.de
Bewertung: Empfehlenswert

TransFair

Infos: Die Erzeuger der Rohprodukte erhalten Preise, die deutlich über dem Weltmarktpreis liegen. Die Rohstoffe werden von lizenzierten Importeuren unter Umgehung von Zwischenhändlern direkt bei Erzeugern eingekauft. Den Erzeugern werden Zuschläge zur Verbesserung der Lebens- und Arbeitsbedingungen bzw. Plantagenarbeiter bezahlt. Dafür verpflichten sich die Erzeuger, angemessene Arbeitsbedingungen zu schaffen. Ökologischer Anbau wird gefördert, jedoch nicht zwingend vorausgesetzt. Das Gesamturteil ergeht mit der Einschränkung, dass es sich lediglich auf das Merkmal Erzeugungs-/Handelsbedingungen bezieht.
Verantwortlich: TransFair
Remigiusstr. 21
50937 Köln
Tel.: 0221/9420400
Fax: 0221/9420-4040
Online: www.transfair.org
Bewertung: Empfehlenswert

Öko-Prüfzeichen

Infos: Das Zeichen garantiert echte Bio-Lebensmittel. Bislang existieren neben rund einem Dutzend Labels der ökologischen Anbauverbände wie Bioland oder Demeter auch noch viele Eigenmarken der Handelsketten – Füllhorn von Rewe zum Beispiel oder Naturkind von Tengelmann. Diese unüberschaubare Zeichenflut hat bei Verbrauchern zu Verunsicherung und Misstrauen geführt. Damit man Bio-Lebensmittel zukünftig einfacher und zuverlässiger wieder erkennen kann, hat die Arbeitsgemeinschaft ökologischer Landbau (AGÖL) in Zusammenarbeit mit der Centralen Marketing-Gesellschaft der Deutschen Agrarwirtschaft (CMA) das Ökoprüfzeichen ins Leben gerufen. Seine Anforderungen decken sich mit denen der AGÖL und garantieren damit einen hohen Standard. Wie im kontrolliert ökologischen Landbau üblich dürfen weder Mineraldünger noch synthetische Spritzgifte eingesetzt werden. Die Liste erlaubter Zusatzstoffe für Fertigprodukte ist stark begrenzt.

Verantwortlich: Öko-Prüfzeichen
Rochusstr. 2
53123 Bonn
Tel.: 0228/97777-00
Fax: 0228/97777-799
Online: www.oepz.de

Bewertung: Empfehlenswert

Öko-Punkt-Sachsen

Infos: Der Öko-Punkt garantiert echte Bio-Lebensmittel, die aus Sachsen stammen.

Verantwortlich: Gäa
Am Beutlerpark 2
01217 Dresden
Tel.: 0351/4012389
Fax: 0351/4015519

Bewertung: Empfehlenswert

Öko-Qualität garantiert aus Bayern

Infos: Das Zeichen garantiert echte Bio-Lebensmittel. Die Produkte müssen aus Bayern stammen. Bei verarbeiteten Produkten müssen die Zutaten zu mindestens 95 % aus ökologischem Anbau und mindestens 80 % aus bayerischer Erzeugung stammen.

Verantwortlich: Landesvereinigung für ökologischen Landbau
Bahnhofstr. 18
85354 Freising
Tel.: 08161/91710
Fax: 08161/91711

Bewertung: Empfehlenswert

ÖkoBund

Infos: Das Zeichen garantiert echte Bio-Lebensmittel

Verantwortlich: ÖkoBund
Kahlenbergstr. 10
77975 Ringsheim
Tel.: 07822/449682
Fax: 07822/449682

Bewertung: Empfehlenswert

Ökosiegel

Infos: Das Zeichen garantiert echte Bio-Lebensmittel

Verantwortlich: Ökosiegel
Barnserring 1
29581 Gerdau
Tel.: 05808/1834
Fax: 05808/1834

Bewertung: Empfehlenswert

Glossar

Agar-Agar: Natürliches Verdickungsmittel aus Rotalgen

Alginat: natürliches Verdickungsmittel aus Braunalgen

Bioaktive Stoffe: Nahrungsbestandteile, die nicht zu den Nährstoffen gehören, aber für gute Gesundheit unerlässlich sind, z. B. Ballaststoffe, sekundäre Pflanzenstoffe, Stoffwechselprodukte von Bakterien

Brennwert eines Lebensmittels: der in Lebensmitteln enthaltene in Joule oder Kalorien gemessene Gehalt an Energie

E-Nummer: Bezeichung für Zusatzstoffe in der Europäischen Union

Enzym: Eiweißstoff, der chemische Umwandlungen in lebenden Organismen beschleunigt oder erst ermöglicht, z.B. Abbau von Nahrungsbestandteilen, Aufbau von Zellen etc. Enzyme kommen natürlicherweise in ungekochtem Obst und Gemüse vor oder sind an der Reifung bestimmter Lebensmittel beteiligt, z.B. Käse, Joghurt, Bier, Wein etc.

Gen: Träger der Erbanlagen (= Bauplan eines Lebewesens)

Karrageen: Natürliches Verdickungsmittel aus Rotalgen

Mikroorganismen: Kleinstlebewesen, die bestimmten Lebensmitteln zur Reifung zugesetzt werden, z.B. Salami, Käse etc.

Milchsäurebakterien: Bakterien, die Milchsäure bilden. Sie werden z.B. zur Herstellung von Milcherzeugnissen oder Sauerkraut eingesetzt.

Novel Food: Neuartige Produkte, das bisher noch nicht auf dem Markt existierten

Functional Food, Nutraceutical, Agroceutical, Health Food: Lebensmitteln, die im Rahmen einer ausgewogenen Ernährung eine besondere gesundheitsfördernde Wirkung haben

Probiotische Lebensmittel
Lebensmittel, die lebende Mikroorganismen enthalten, die das Gleichgewicht der Darmflora positiv beeinflussen und so nach ihrem Verzehr eine gesundheitsfördernde Wirkung ausüben

Prebiotische Lebensmittel
Lebensmittel, die Ballaststoffe enthalten, die das Wachstum günstiger Darmbakterien fördern

Sekundäre Pflanzenstoffe
große, z.T. noch unerforschte Gruppe von Pflanzeninhaltsstoffe, wie z. B. Farb-,Geruchs- und Geschmackstoffe, die vor Zivilisationskrankheiten schützen.

Stärke: Lebensmittelbestandteil, der aus vielen Zuckereinheiten besteht. Stärkereich sind z.B. Kartoffeln, Getreide oder Reis.

Zellulose: unverdauliche Gerüstsubstanz in Pflanzen: Ballaststoff in der menschlichen Ernährung

Register